小嫣之全家大風吹

楚軍

楚家老二。大榮國將軍。
腦子比石頭還僵硬。
男兒本色篤信正義卻總拿小媽沒辦法。
座右銘是「百戰百勝」。

楚翊

楚家老么。
一張可愛的臉騙死人不償命。
開藥堂卻搞得比高利貸還有錢。
武功只屈居楚軍之下。

楚瀅瀅

本書主角小嫣，
外表美豔如狐狸精，
卻有一顆小白癡的心腸，
對於男女之事尤其遲鈍，
「高齡」二十二。

他是楚瑜；
我願意以我的生命擔保他就是楚瑜。

所以全家一起~~出遊~~出使找證據吧!!

第一章

我跟我一心想嫁的男人說過，七是一個幸運數字。

他前面死了六任妻子，給他留下六個兒子，身為他第七任妻子的我，沒有替他留下半個兒子。所以七似乎也不是一個多麼幸運的數字，幸運的是我還活著。他在新婚夜出征，三個月後前線捎來他的死訊。

我當時就不懂了，楚瑜征戰沙場多年，出生入死多少次都沒事，怎麼一跟我成親就死了？難道我天生是個掃把星，而且是專屬於楚瑜這顆福星的掃把星，把他的好運吸光光，於是他不幸戰死沙場？

於是我打定主意，這輩子誰也不愛了，楚瑜這麼幸運的人都會因為我愛他而死掉，那麼其他人不就是我愛一個死一個？

但現在讓我打定這主意的人卻突然蹦出來，像是從六年前那場死亡戰爭中回來，一點也沒變，就這樣站在我面前。

擂臺上靜得可怕，不是一根針落在地上都聽得見，而是身旁人的心跳都能聽見的寂靜，全是因為我剛剛說出口的那句話。

我伸出手，很慢很慢的拉下他覆蓋在臉上的眼罩。他閉上眼，像是不能適應刺眼的光線。直到他整張臉暴露在眾人的目光下後，我聽到所有人都倒抽一口氣的聲音。鳳仙太后掐斷了手上的珠鍊，無數的小珍珠從樓上落下，成為這靜謐中唯一的聲響。

他緩緩張開眼，烏光粼粼的眼眸，那是我六年前的回憶。

我曾經開玩笑的說，搞不好楚瑜的眼珠子不是真的，而是拿了兩顆黑水晶鑲嵌進去，否則怎麼會有人的眼美成這樣？

「瀅瀅。」他開口，那麼溫柔低沉。看著我的眼中眸光閃爍，我不由自主仰望。

這就是楚瑜，只要他看著妳，妳就會覺得自己的心被他掐在手中無法自已。

俊雅的臉龐，歲月沒有在他臉上留下一絲痕跡。我伸出手，想要摸上他的臉頰，他微微一笑，像是以往的反應，等著我自己撫上去，但在最後一刻我縮了回手。

這會不會只是我在作夢？畢竟我還是無法忘記他，這種夢六年來我依舊常常夢到。

楚瑜看出我的退縮，伸出手握住了我的手，將我的掌心放在了他的胸口上。那一下下的震動，完全不是夢中該有的力度。

「真的是我。瀅瀅，我回來了。」

我閉上眼，眼淚止不住落下，倏的整個人撲進他懷中。

「你這個大笨蛋，為什麼回來這麼遲？」

* * *

這是炸翻整個花錦城，不，大榮國，不不，甚至炸翻鄰近各個大國的消息。楚瑜的名聲響亮，附近諸國無人不知無人不曉，因為他去世時舉辦的公祭，來參加的人可以繞花錦城整整十二圈半。

現在楚瑜死而復生，這消息比他戰死還要讓人震驚，這幾天上門來拜訪求見的人把楚府擠得水洩不通，我只好叫郝伯三天換一道門檻。

「謝謝蘇世伯，我當然也覺得回家的感覺很好。」

我跟楚瑜坐在主位上，下頭坐著兩排的來訪賓客。好些人擠不進來，便架著梯子在楚府圍牆上探頭探腦，被我命令僕人拿竿子打了下去，反正平時僕人也要去田裡打打地鼠，這樣剛好可以藉此練習技術。

「大難不死必有後福，世伯看你將來肯定一帆風順。」

那個自稱是某個楚家世交的老傢伙一邊呵呵笑著，一邊捋自己的鬍鬚。根據他的說法，似乎是楚瑜的爺爺那輩跟他的爸爸拜過同一個夫子為師，這樣一路算下來也是世交，同門師兄弟。

我不苟同的歪歪嘴。這關係扯得真遠，照他這種算法，回溯到遠古我們都能追溯到同一個祖宗，那我跟楚瑜成親不就亂倫？

但我想想其實不算亂倫，因為我是狐狸精、他是人。那這樣算不算人獸戀呢？

我一邊拿著以七色絲線繡成的牡丹團扇假意優雅的遮著半邊臉，其實正一邊在思考這些人生大問題。

「恭喜夫人，賀喜夫人。這下子可是夫妻團圓，一家和樂。」不知道哪個沒長眼睛的沒看見我正在忙著思考人生哲理，奉承的朝我拱手祝賀。

「嗯，多謝大人。」雖然不知道是哪來的阿貓阿狗，冠上一個大人總沒錯，高帽人人愛戴。為表禮貌，我拿下團扇朝他笑一笑，他的臉一下紅得像是個熟透的番茄，把我搞得莫名其妙。

正當我還盯著他看，懷疑這位大人是不是腦充血時，楚瑜伸手過來，握住我的手，把我的手連同團扇舉到我的鼻梁上，讓我只露出一雙眼睛。我疑惑的朝他看過去，楚瑜正四平八穩的朝另一位「世伯」說話。敢情他是長了一隻眼睛在鬢角？這樣也能看到我拿扇子的角度。

但既然這是楚瑜的意思，我也就從善如流，繼續舉著團扇。

郝伯貼心，放了一盤西涼葡萄在我旁邊。經過楚府內的園丁改良，這是無子品種。我偷偷一顆顆拿到團扇後面吃了。

「好吃嗎?」當我正無聊的研究起團扇上面傳說有九九八十一針的針法時,楚瑜帶笑的嗓音忽然傳過來。

我茫然的抬起頭,意外發現客人全走光了,廳內只剩我們兩個人。

「人呢?」

「差不多時間該用晚膳了,所以我讓管家把客人都請回去。」

我皺起眉,嘴裡的葡萄一下沒咬到就吞進肚裡。

楚瑜穿著一件苔綠色的袍子,淡茶色的腰帶,領口滾邊以金線繡織花紋;頭髮豎起收在玉冠中;墨玉的眼和略微白皙的肌膚,看上去竟然跟楚明別無二致。

「是哦!那也該吩咐郝伯開飯了。」我伸手就要喊人,楚瑜卻拉住了我。

「別忙,還不到晚膳的時間。」

「可是時間已經到了不是嗎?」我看向一旁的水鐘,水鐘正有節奏一滴一滴的落著,下頭盛裝物的刻度八分滿,的確是晚膳時間了。

「我讓人把鐘調快了些，裡面的水多加了一刻的量。」楚瑜解釋著，眼中閃爍著不知名的光芒。

「嗄？所以你提早讓客人離開了？」為什麼？

「妳不是覺得很無聊嗎？我看妳一個下午打了十六個呵欠。」

咳咳！我明明記得自己有拿扇子遮住……但楚瑜坐在我的旁邊，從那角度他似乎可以看得一清二楚。

「那我去跟郝伯說提早開飯。」我沉默了下，又想光速逃離。

不知道是不是因為太久沒見了，每次只要剩我跟楚瑜單獨相處，就覺得氣氛緊張得讓人彆扭。我不會處理這種情況，於是總先逃為快。

「別忙。」楚瑜搖搖頭，又把我拉回去。

我還想偷跑，突然腰間一緊，整個人就被抱到了他的腿上。我下意識挺直背腰，擺出一副凜然正義的模樣。

「瀅瀅，妳不想跟我單獨相處嗎？」楚瑜的嗓音柔柔的在耳邊響起，那是我在夢中懷念過無數次的聲音，現在卻覺得有點陌生。

「當然想……嗯咳……但是在大庭廣眾之下我們摟摟抱抱會給兒子們帶來不好的示範，我們應該要謹言慎行、規行矩步，才能成為一根好的上梁……」我這是為了兒子們著想，維護花錦城良好風氣。

「既然沒有其他人，那就不算大庭廣眾。」楚瑜手攬得更緊，另一手抽開我髻上的一根白玉簪。挽在我腦後的髮髻落了下來，長及腰的黑髮鬆落在頰旁和肩上。

「妳果然還是這樣好看。」楚瑜喟嘆一聲。

「這樣好看嗎？」我伸手摸了摸落在肩上髮，不知道有多少年沒放下髮來了。大榮國的女子習慣在婚後把頭髮挽起，在十三歲後為了配合楚瑜未婚妻的身分我就挽起頭髮，放下頭髮至少也是十三歲之前的事情。

楚瑜沒吭聲，只是把臉埋在我的頸邊，呼吸吹得我有點癢，我想笑又拚命忍耐。

「葡萄好吃嗎？」他忽然發問。

我還在試著從一數到一千好轉移想笑的衝動，他就抬起了頭來。

「好吃。」我點點頭。「這是國君賞賜楚明的葡萄，讓府裡的園丁改良過品種，現在已都沒有葡萄籽了。」那三串葡萄已經被我吃的七七八八，沒剩幾顆了。

這西涼葡萄雖好，又甜又香比荔枝還要美味，就是籽麻煩，一邊吃還要一邊吐籽。我喜歡這西涼葡萄，可是每次都忘了吐籽，小翊知道這件事之後就告訴老太太我說，籽吞下去後會在肚子內發芽，到時候會從嘴裡長出一棵葡萄樹。

這話把老太太我嚇得不輕，只好又請來鬼醫莫名。鬼醫莫名為我把過脈，什麼話都沒說就開了藥方，臨走前還瞪了小翊一眼，我搞不清楚為什麼，但那陣子小翊天天替我送藥到房內，我們倆聊天聊到深夜，許多時候他就直接睡下了。

楚明知道這件事情後，立刻命令府內園丁三個月內改良品種，否則就發配邊疆做苦力，嚇破膽的園丁想盡辦法終於達成目標，從此之後我就有了無籽葡萄。

「是嗎？楚明？」楚瑜低下頭，這句話語氣特別的輕。「他也成為堂堂一國丞相了。」

「我想大概是你的遺傳吧！」有其父必有其子。

「是嗎？」楚瑜看著我，眼中含笑，還有某些我讀不懂的情緒。

「小狐狸，替我剝顆葡萄吧！」

「嗄？」

「我不愛葡萄皮，替我剝一顆好嗎？」

我眨了眨眼，沒有拒絕這個要求，從盤中拿了一顆特別大顆的葡萄認真的剝起來。這葡萄皮薄汁多，我剝得滿手都是果汁，連皮帶著肉剝下不少。等到剝好這顆盤中看來最大的葡萄時，它只剩下盤中最小葡萄的一半。

「來。」我把葡萄湊到楚瑜脣邊。

楚瑜看著我，張口吃下葡萄……跟我的指尖。

指尖很溫熱，但我已經習慣這種事情，小翊也常常說要替我消毒被針扎到的傷口，這大概就跟消毒沒兩樣，只是我想破腦袋也想不懂為什麼剝葡萄也要消毒。

於是我只是瞪大眼定定看著楚瑜，打算等他「消毒」完畢再放開我。

楚瑜淡定的看著我，一秒鐘兩秒鐘三秒鐘，最後他的脣離開我的指尖。我拿出手絹擦拭，不然指尖會溼答答的。

他看著我的反應，忽然悶笑起來，一手攬著我的腰，一手摀住自己的嘴笑得不可開交，我覺得幾分莫名其妙。

「楚瑜？你怎麼了？我是不是不小心點到你的笑穴了？」不然怎麼忽然笑成這樣？

楚瑜抬起臉來，笑得滿臉通紅。

「你好像煮熟的蝦子。」我很中肯的形容。

他拍拍我的頰，留下一句謎一樣的話。

「妳果然很不解風情。」

我一邊擦拭指尖一邊困惑。怪了，可是外頭的人都說楚老太太風情萬種耶？

難道此風情非彼風情？

「娘，該用晚膳了。」

那句甜甜的叫喚跟平常比起來有些僵硬，我這才發現小翊不知道什麼時候站在門口。擂臺賽後我才知道我家楚翊就是可愛的兔子公子，小海就是活魚公子。小翊他扮成兔子可愛歸可愛，但想到他對自己的親兄弟也都下手不留情的態度，讓老太太我不由得有些擔心。

「嗯好。」我點了點頭，正要溜下楚瑜的腿，楚瑜卻抱著不放。我疑惑的抬頭往上看，卻見到楚瑜的視線正跟小翊交會。

這父子相見，怎麼空氣中有滋滋作響的聲音？

他們互看好一會，我怕他們持續到天荒地老。要用眉目傳情交流這些年失去的父子情感也不要多拖我一個老人家下水，我還想去吃晚膳呢。

「楚翊，快叫爹啊！」我看這孩子有點彆扭，肯定是分離久了陌生了不肯喊，不是有那種聚少離多兒子不認得父親的情況嗎？楚翊這孩子又是年齡最小的，對父親的印象肯定最少，陌生是應該的，我就得開導開導他。

楚翊一開始沒有任何反應，但在我的堅持下又慢慢軟化。

「爹。」

這聲爹喊得之不情不願，聽到的人恐怕都會以為他在喊某個虐待他的繼父。我決定等吃完晚膳再好好說說他。

楚瑜倒是不計較，對於這句話揚起笑容。

「乖孩子。」

楚翊沉著臉走出門去。

當我跟楚瑜經過廊前要去飯廳時，看見家中院子圍牆破了一個大洞，我連忙提醒後頭的僕人明天要叫人來修理。

「這圍牆上個月才重新砌，好端端的怎麼又塌了?肯定是找到黑心商人……」我嘟嘟囔囔，不能理解。

楚瑜聳聳肩，握著我的手繼續往前。

第二章

平時我楚家吃飯總是一派其樂融融，但是今天的氣氛莫名的奇怪。

我跟楚瑜一踏進飯廳，楚翊立刻眨巴著眼跑過來，親親熱熱的拉住我的袖子。這孩子的力氣有點大，逼得我不得不放開與楚瑜握著的手。

「娘，過來坐這兒。」

他指著我平常坐的位置。平時我們總是七個人坐一桌，我旁邊分別是楚明和楚翊。之前楚瑜不在，我當家作主坐在主位是應該，現在就覺得有點不妥，好說真正的楚家主人是他，就算皇帝退休也是太上皇，沒道理不讓他坐主位。

「再搬張椅子過來，我坐你爹旁邊就行了。」

「當然有準備爹的位置，娘就別擔心了。」

楚明走了過來，我嚇得抖一抖，現在仔細一看，他跟楚瑜簡直是同一個模子刻出來的，除了衣裳不一樣。難道楚家的人都不顯老？那等十年過後我跟楚瑜不就變成老少配？

「但我想坐在你爹旁邊……」我弱弱的回答。獨處時尷尬的想光速逃跑是一回事，可真要我走，我又不想走，就是想待在他身邊。

楚明的臉色一凝。他本來就不常笑，一板起臉更是可怕，小孩子都會被嚇哭，還好老太太我不是小孩子了。

「既然娘這麼堅持，那麼就多添張椅子，讓娘跟……爹一起坐。」

我和楚瑜坐上主位，他坐在我的右手邊。而不知道為什麼楚軍變成坐在我左手邊，楚翊坐在楚瑜右邊，兩人把我們包夾在中間。楚明坐在對面跟楚海、楚殷三人成為同一陣線，讓老太太我有一種三堂會審的錯覺。

楚風在這種情形中依然故我，整桌神情最輕鬆的人就是他。

「爹好久不見，既然能夠歷劫歸來，讓我代表大家敬你一杯。」楚明端起酒杯來，態度稍稍和緩，雖然語氣仍有些僵硬，但不像一開始那麼見外。

楚瑜舉起酒杯，淺淺一笑，跟他一飲而盡。

嘖嘖！好像雙胞胎在敬酒。我想發表點言論，免得在這陽盛陰衰的場合被人遺忘，但每次我想說話時，就會有一尾剝好的白胖蝦子自動進到碗內，抬頭一看原來是楚軍，楚軍平時很少夾菜給我，估計是坐得遠，不知道怎麼今天竟然轉了性，換了位置以後連習慣都變了。不過既然有人剝蝦，我就從善如流的吃。

楚軍面前的蝦子殼堆成山。

話說這核桃鳳尾蝦一直是我最愛吃的一道菜。我忙著吃蝦，也就忘記自己還要發表言論這回事了。

「爹當初既然還活著，怎麼不早點回來？」楚明倏的開口發問。

我看向楚瑜，嘴依舊不停，蝦子嚼啊嚼的，大明蝦裹上磨碎的核桃炸得香酥，加上特製的醬汁，真是人間美味。

楚瑜抿了一口茶水，像是在回憶。

「那時我以為只是一場小戰爭，應該可以很快凱旋歸來，誰知道敵國的太子忽然帶兵從後方偷襲。我跟那太子交戰之後摔下山崖，雖然幸運的因為掉進溪流而減緩了衝擊力道，卻因此失去記憶。」

「我記得那裡，是大榮國與北蒼國的交界。」楚軍忽然開口，俐落的折斷一隻蝦頭。

我大榮國夾在列強之中，其中最有名的有兩大國，人稱南朱鷺北蒼狼，也就是南鷺國和北蒼國。兩國雖然國情南北大異，卻都是厲兵圖治，以軍事治國的強者。

楚瑜點點頭。

「我在北蒼國生活了五年，最近一年才慢慢恢復記憶。」

他轉向我，眼波醉人，我正吃蝦吃得滿嘴油光，不禁愣了一下。

「我一恢復記憶，就馬上回來了，正好碰到城內有慶典。」

他以指抹過我脣邊，我才發現沾上了炸酥的核桃屑。

「謝謝。」

「我們當時到處搜尋，在那附近卻完全找不到爹。」

沒錯，當時楚瑜的畫像掛了滿街，楚家傾盡全力要把他找出來。

「救走我的是一名村人，他住在深山中鮮少外出，因此也很少理會外邊世界的事情。」楚瑜夾起一塊鴨肉，順手放到我碗內。

「妳該多吃點，太瘦了。」他低下頭，輕聲朝我說道。

但我想，楚軍和楚翊的武功好，底子深厚，應該是聽得一清二楚。

「我有瘦嗎？我最近還覺得自己胖了。」每餐三大碗飯養著，想要把人養瘦都有點困難。

楚瑜一挑眉，下一句話差點沒讓我把剛吃進去的鴨肉噴出來。

「我剛摸過了。」

咳咳咳咳！在兒子們面前，而且個個都是光棍王老五的兒子面前，說出這種甜死人不償命的話語，是要閃瞎兒子們的眼嗎？

「爹住的村子在北蒼國的哪裡？既然救了我們大榮楚家的當家，自然要重金答謝。」楚明用手扶著額，看著我們的神色變得有點僵硬。

「是該這麼做，那村內的人都很好，我希望能親自答謝。」

楚瑜從以前起就是一個重禮義的君子，更何況是救命之恩？

「我也覺得該這麼做。」我點頭附和，拒絕再來一碗飯，今天蝦子吃多了。

「那我們得要向北蒼國提出出使的申請。」

的確，楚家護衛們的等級不會比皇族遜色，一旦若是需要動用士兵保護入境，就必須要有出使他國的申請，否則會被當成武力侵略的行為。

「明天我請國君發下詔書，讓我們出使北蒼國。」

楚瑜看著楚明，笑而不語，然後又轉頭看向我。

「瀅瀅，要一起去嗎？」

一起去嗎？去楚瑜待過的地方？

「兩國情勢不明，為了娘的安全，娘最好不要去。」楚軍立刻反對。

相較於南鷺國與大榮國的頻繁交流，北蒼國跟大榮國的交流就少很多了，雖然近年來對方也沒有任何的惡意行為，但至今我們大縈國卻還是摸不懂對方的心思。這一點我也是明白的。

我抿抿脣，摸摸因為吃撐而凸出來的小肚子。

「但是，我想去。」

我抬起頭看向楚明。看著他跟楚瑜相似的面孔，淺淺一嘆。

「我想去楚瑜待過的地方。」

＊　＊　＊

「夫人請抬手。」

我順從的抬起手腕，讓香蘭把一只軟絲白玉鐲套入腕上。

另一邊春桃她們已經把衣服準備妥當。

我看著被披掛在架子上的衣裳忍不住皺起眉。

「這東西壓在箱底那麼久，都不知道有沒有發霉。」

今天楚明要入宮覲見，奏請國君讓我們出使到北蒼國去。既然是我楚家的請求，那身為前任楚家當家的我自然也該入宮。

當年楚瑜死訊傳來，國君感念他的功勳，封了我一個誥命夫人還是護國夫人什麼的，我也記不清楚了。

基本上那個什麼夫人的沒多大作用，整個王宮內誰不知道鳳仙太后跟老太太我是好姐妹，光憑著這一點，要想在王宮橫著走都行，只是老太太我不想當螃蟹。

朝服本身做得很好看：領口剪裁疊綴三層；衣上的花紋用金銀雙線繡織；裙長設計特殊，可以讓人在走動間隱約露出繡鞋；為呈現莊重感，整套衣服採用的是比較沉重的布料，重得每次老太太我穿上這件衣服都要叫苦連天。

不過，現在的朝服可比以往好看多了。以往女子的朝服是用男版的朝服去修改，頂多換個顏色。可男女身型不同，女性穿上身後便寬寬鬆鬆的怎麼也撐不起衣服來。後來我的朝服是經過鳳仙太后特別指示，量身訂做的，穿起來合身又莊重，因此之後我國女性的朝服就此改變了。

要穿朝服那必定是特殊的場合，既然是特殊場合，就不能不打扮，這一身簪子鐲子墜子一路掛下來，莫名其妙又多了幾斤重量在身上。

「來，夫人，請抿一下。」我還在那邊抱怨不休，香蘭已經幫我抹好胭脂，輕聲軟語朝我說著話。

我下意識抿抿脣，卻見到香蘭的面孔在我跟前放大，溫婉一笑。

「夫人忍耐一下，回來香蘭會馬上幫您換裝的。」

果然是香蘭知我心，這麼體貼的女孩兒哪裡找？

「娘？妳準備好了嗎？」門上兩下輕叩，人並沒有馬上入內。

「好了，你進來吧！」我朝香鈴示意。

香鈴拉開門，果然楚明正在外頭。

「爺。」

所有人福了一福。當然，我不用行禮，就算兒子官大，但是這世界上哪有娘親跪兒子，我才不跪。

「你知道就算老了女人還是女人，裝扮也要花點時間。」我乖乖坐著讓秋菊幫我調整髮型，最後插上一朵月下蘭。

楚明坐在一旁沉著臉，顯然是有話要說。每次這孩子特別沉默的時候就是心中有事。

「娘，妳知道我是不贊成妳去的。」

「去王宮？」可是我天天去耶？

「去北蒼國。」楚明的語氣聽得出來幾分咬牙切齒。

「當作去觀光也挺好的不是嗎？」我看看鏡子，右邊臉頰似乎撲得紅了點。

「兩國情勢不明，妳身體又弱，貿然前去，並不適合。」

他前面一句我贊成，後面幾句我可大大反對，身子弱？我雖然有六個兒子，人家都叫楚老太太我，可我還是每天早睡早起，每餐都吃三碗飯，哪裡身體弱？

我拿帕子抹抹右臉，把胭脂擦淡些，別這把年紀還擦得這麼紅，人家還以為我是個老風流。

「可是，那是楚瑜待過的地方。」

楚明沉默無語，找不出話來反駁我，我則為了難得讓這兒子啞口無言而暗暗高興。孩子還是要笨點才可愛。

「夫人……您擦掉太多胭脂了，這樣看起來很像雙面人……」香鈴端著水過來，挑眉看著我，語氣有些遲疑。

「是嗎？」老太太我往鏡中一看，臉蛋一邊紅一邊白，果然很雙面，充滿衝突美感，有種墮落世界的設計理念。

「我……」我再補一點好了。

「我來幫妳上吧！」有人從後面伸手過來，握住我拿胭脂盒的手。

我順著那骨肉均勻的手掌看上去，看見楚瑜不知何時站在我身後，清清爽爽的竹林綠袍子，讓人看了倍覺清涼。

「楚瑜？」

「爹。」

「爺。」

三個不同的稱呼。

楚瑜拿起我那個小小的箔金貼片蝴蝶胭脂盒，以指挑出些許櫻色胭脂，點在掌心緩緩抹開。

他做起這種女兒家的動作來，絲毫不見女兒氣，反而從那低順的睫毛下閃爍出一抹溫柔。

我依言抬頭，他順著我的臉頰將胭脂抹開。胭脂有了楚瑜的溫度，貼在臉上讓我發熱。色澤上得細勻清透，讓我的肌膚看上去晶瑩剔透。

「來，抬起頭。」

我看看鏡子，又看看正在擦手的楚瑜。

「我怎麼不知道你還有這手絕活？」

秋菊拿開蓋在我頭上防止頭髮被弄亂的錦布，整理好我的髮髻，插於髮上的月下蘭還是含苞待放的狀態。她輕輕彈了一下，月下蘭在下一瞬間層層綻開。這是秋菊的絕活，找遍整個大榮國再沒有第二個人會。

「夫人，整理好了。」

「那我們可以出發了。」

我詫異的看向楚明，總覺得他這話中帶著一絲怒氣。

「馬車在外頭等著呢！」郝伯立刻回應，拿著一條抹布在窗臺抹來抹去，顯然把剛剛的場面都看進去，臉上的笑容很討人厭。

「夫人跟爺還真是恩愛甜蜜啊！」

他雖然是說我和楚瑜，臉卻轉到楚明那邊，我有些搞不清楚他是想跟誰說。

「瀅瀅是我妻子，我們又分開這麼久，自然要多補償她。」楚瑜伸手扶我起來，柔聲解釋。

「夫人跟爺還真是恩愛甜蜜啊！」

「郝伯，你幹嘛同一句話講兩次？」

「喔呵呵呵，說得是……老僕擦完窗臺，先走了。」

話才落，郝伯人就消失在窗前。這楚府內臥虎藏龍，連擦窗臺的阿伯都可能是武林高手。

楚明先坐上馬車去，回身過來拉我。

「娘，小心。」

我看著眼前的楚明，又回過頭去看看楚瑜，明明是一個兒子、一個丈夫，卻搞得像是我有兩個丈夫，是怎麼回事？

我坐在馬車上嘆息一番，覺得歲月催人老。

「爹昨晚睡得好嗎？」

雖然說楚瑜是我的丈夫，但這麼多年沒見，一見面馬上就同房睡在同一張床，怎麼想怎麼彆扭，於是楚明安排另一所別院讓楚瑜住。

「很好，在自己家中自然是睡得好。」

「你之前住的地方好嗎？」

北蒼國的一切對大榮國來講都很陌生，只知道位處北方，氣候嚴寒，那邊生活相當不容易。

「很冷，比這兒冷多了。那裡的人也都很簡樸，粗茶淡飯的。」

「所以你都睡木板床嗎？」我在戲臺上面看過，翻身會嘎吱嘎吱響的，本來以為那是舞臺道具，沒想到是真的。

「沒妳想得誇張，但也差不多了。」楚瑜點點頭。

這時剛好有僕人進來替我們送茶，兩三盤細巧的西洋糕點，最後還附上一小玻璃罐糖球。

「夫人，三公子說這一路不長不短，您可能會無事可做，特地讓小的帶這些糖球過來。」

哦，這孩子真是貼心！我感動得連吃三顆糖球。吃完以後才想到，擂臺賽時當時小海被小翊打飛到牆上，我忘了去慰問他的情況。我似乎特別容易忽略這孩子……

「沒想到是釀黑醋栗糕。」楚瑜看著桌上糕點，有些訝異。

「你知道？」這是楚海最近才帶回來的點心，聽說是西方某地的傳統點心。西方的糕點跟大縈國的不同，柔軟綿密，我很愛吃，每次楚海都為了我大批大批的帶了回來，為了保存這些糕點實在讓人傷透腦筋，最後乾脆直接把糕點師父請了回來。

不過其實我不太確定他究竟是不是被邀請來的，因為那師父被人丟到我面前時全身被麻繩綑綁得像是塊叉燒肉。當時我覺得他很可憐，想幫他解開繩子，他臉紅得跟什麼一樣，說了一堆我聽不懂的語言，有人告訴我，那些話的意思大概是說為了報答我的恩德他永遠不會離開我。

我覺得這樣也挺好，自願當終身的廚子。

「北蒼國資源稀少，為了增強國力，一直跟西方有密切的貿易往來。」楚瑜說著，卻只是看著糕點不吃。

「那你在那邊很常吃嗎？」

楚瑜搖搖頭，他的眼神忽然變得異常銳利。「但糕點，是奢侈品。」

沒一會兒他又淺淺一笑，我以為我看走眼。

「當然現在回到楚家，這就不算是奢侈品了。」

我眨眨眼，覺得不甚理解他的意思。

「食物只有好吃跟不好吃，喜不喜歡吃而已，哪有什麼奢侈和不奢侈的？」我拿起一塊糕點趁楚瑜不注意時塞到他嘴裡，他驚訝的忘了咀嚼，頰邊鼓起，像是一隻偷藏糧食的老鼠。

「只要是跟對的人在一起，不管吃什麼我都會開心。」

我向楚明看去，他浮起淡淡的微笑，顯然心領神會。對於兒子的教育是身教重於言教，不經意中我又給他上了一課。

楚瑜看著我，眼中緩緩浮現溫柔，像極了我一開始看見他的模樣。我有些看不下去，別過頭，眼睛熱熱的，可能飛進沙子。

「娘，來，再吃一塊吧！」楚明把剩下的糕點推到我面前。這孩子知道我愛吃糕點。

這時候馬車卻戛然而止。

「夫人、兩位爺，王宮到了。」

第三章

「夫人，丞相，楚瑜大人，請往這邊走。」

我們才抵達宮門，宮內的大總管就莊重的站在門口歡迎，宮女們列隊在他後面排成兩排。我看見上次替我多拿兩盤點心的宮女，開心的朝她們揮揮手，這一不小心差點踏空。

「小心。」

楚瑜和楚明立刻轉過身來扶我，長得一模一樣的臉，一模一樣的聲音，同時伸出的手讓老太太我有些不知如何是好。那頭秦總管跟宮女們都看傻眼，顯然沒見過這麼像雙胞胎的父子倆。

我左看右瞧，笑咪咪的把兩隻手都伸出去，輕輕鬆鬆借力一跳，就下了馬車。

「楚老夫人從馬車上下來，宛如神女自雲端落下，飄然似仙足不沾地……」跟在秦總管旁邊的矮小男子嘀嘀咕咕，手上拿著簿子、一枝筆寫得沒完沒了。

「嗨！小季，你還在見習啊？」我朝他揮揮手。

小季抬起頭來很快的朝我一笑，立刻又低下頭去。

「楚老夫人親切和藹，與史官見習生打招呼，毫無豪門大族咄咄逼人態勢，缺點是威嚴不足難以鎮住下人……」

小季是萬年史官見習生。大榮國的史官很多，而且很閒，大到王后跳樓自殺，小到宮內的貓生了一窩小貓其中有隻花色不同也要記錄。他們表示要找出這隻母貓究竟跟哪些公貓有染。

聽說史官都是事無鉅細、仗義執言、絕不屈服。顯然真是如此，他們竟連宮內的貓的家務事都要記錄。

「大總管你最近好嗎？」

「多謝夫人關心。」

秦總管在宮內赫赫有名，高齡三十有五，家中卻沒半個妻妾。你說他是不是歪嘴斜眼少條腿才娶不到老婆，否則捧著宮內大總管的高薪和地位怎麼娶不到老婆？

但事實不盡然。

秦總管外貌雖然跟我家兒子沒得比，但跟小市民們一比也算是中上，且看起來身體健康，沒有缺胳膊斷條腿，更不像是有什麼陳年惡疾纏身。

畢竟大榮國可沒有那些慘無人道的規矩。聽說在遙遠的一個國家中，每個侍奉王族的男子下面都要被切掉。至於到底是切什麼，鳳仙太后沒有跟我說明清楚，不過我想切掉的應該是腿，沒腿做什麼事都不太方便，搞不清楚那國家的領導人在想什麼。

我倒是知道秦總管為什麼沒娶老婆。某天我在宮內亂走不小心迷了路，竟然闖進秦總管的私人禁地去，一進去滿天響起撲翅聲，黑鴉鴉的看不見天空，我才抬頭，五顏六色的羽毛就落得我一頭一臉。

「我的小親親們，為什麼要飛……」

站在中央裸著上半身的秦總管跟我大眼瞪小眼。

原來秦總管的私人禁地是一座鳥園，養了各種珍奇的鳥類，秦總管愛鳥成痴，壓根兒把這些鳥當老婆養。但也不知道為什麼，從我知道他的愛鳥後宮之後，秦總管對我從此畢恭畢敬，對此老太太我始終不能理解。

我正想著，一個眼尖，就看到走在前面的秦總管髮上有一根羽毛插在那兒一顫一顫，招搖得很。

「大總管。」

「是，夫人。」他轉過身來，一臉嚴肅自持。

我伸手把他髮上的羽毛拔了下來，悄聲跟他說：「小心，你的後宮佳麗三千留下印記了。」

秦總管神速的把那根羽毛藏進袖子裡，朝我露出一個心領神會的微笑。

「讓小的來替各位帶路。」

大榮國的宮殿倚著一座山建造。據說開國國君非常浪漫，想要欣賞四季風情，人說一山有四季，於是他就環繞著一座山造了宮殿，青石的階梯環繞整座山設置，建成以後才發現這完全是個大錯誤。

為了配合國君君臨天下的氣派，國君的宮殿自然是放在山頂，結果造成國君與百官們每天都要辛苦的攻頂開朝會；每年科舉高中的文人在晉見國君前都要多一道練習，叫做如何在三個月內成為登山高手。

還沒開始處理朝政就鍛鍊出強壯的小腿肌，所以大榮國的國君大半長壽，大概最短命的就是鳳仙太后的丈夫，都怪他成天想偷懶坐轎子，難怪命比別人少一半。

後宮的位置在山腰，也是全宮殿最美的地方，種植了十里桃花，光是在外圍就可以嗅到香氣，花瓣灼灼滿天。

我們正穿過一條小路。穿過這條小路後就可以到達最上層的宮殿了。此時，遠遠的便看到有個美人站在樹下仰頭凝望。

美人側臉如畫，身穿翠綠袍子，纖瘦筆挺的身子，外罩一件披風，上面繡著百燕歸來圖，以金絲銀線摻入繡線中，讓百隻燕子在陽光下彷彿要活生生飛出斗篷外。

「啥時國君納了新寵妃？」我有點困惑，比比那人接著詢問秦總管。通常國君只要見了別的女子，王后就準備要跳樓或者拿把刀大喊你既負我生無留戀。後宮出現了一個這麼美的寵妃，國君怎麼還好端端的坐在位置上？

「新寵妃？宮內不可能有新寵妃啊？」顯然秦總管也一臉莫名其妙。

接著，我們一行人加快腳步朝那個女子走了過去。

「啊！」

「咦？」

「是你。」

那美人優雅的轉過四十五度角，朝我們微笑。人面桃花相映紅，這世界上長得這麼美、品味又這麼高的人不做第二人想。

「小殷你在這裡做什麼？」我驚奇得很。這時間他不是應該在繡閣嗎？

「爹、娘、大哥，秦總管。」楚殷朝秦總管點點頭，緩步走了過來。

陽光灑落在他的身上，微風吹起他的髮，眼角眉稍因為笑容而微微勾起，看起來風情萬種。

我篤定他如果不開口，絕對沒人可以認出他是男兒身。

他站定在我面前，語氣放柔了一點。我忽然覺得這兒子美得讓我呼吸一窒，有點擔心他將來變成龍陽之好。

「因為十一公主要出嫁，所以我特地來宮中替公主測量新衣的尺寸。」

楚殷朝我伸出手，我很自然的把手搭了過去。他微微一笑，我順勢站到了他身邊。他身上陣陣薰香透人心脾。

跟著他的步伐，我們繼續前行。

「不過就算要替公主測量尺寸，也用不著你來啊？繡閣內都沒有人手了嗎？」

「冬天要到了，接了一批他國的冬衣訂單，的確有些人手不足。」楚殷解釋著，順手折了一朵桃花放在我的手心，這朵開得特別美。

這孩子就是浪漫而貼心。

「桃之夭夭，灼灼其華。」我看著掌心中的桃花，雖然不是第一次瞧見，卻還是不由得感到讚嘆。花朵的花瓣顏色從最上層的淺橘色慢慢漸層為粉紅，到達花蕊中心則變為隱隱的嫩紫色。三種色澤的過渡，美得驚人。

楚殷沒有搭話，只是慢慢的走著。這孩子就像一株盛開的花，站在他的身邊，彷彿連氣息都要變成粉紅色的。

「如果這麼缺人，娘可以幫忙的。」好歹老太太我也管理過楚府，發發施令這點工作還難不倒我。

「娘願意來幫忙當然是再好不過，我們正愁缺人吃點心。」

「這有什麼難？」我笑著攬住了他。

不過就算有貼心的兒子陪在身旁，走了這麼久的路還真是有點累。平時只到太后的宮殿，爬到山腰就成了，現在看來離攻頂還有段時間。

「啊！不過我們現在要去見國君，小殷要一起來嗎？」

「夫人，見國君可不是野餐，您不可以隨便邀請人……」秦總管連忙出聲阻止，連連搖頭。

「楚夫人性格天真單純，在路上遇到四兒子，隨興邀請一同去面見國君，不知此舉以下犯上，把面見國君此等大事當成野外出遊……」小季立刻嘀嘀咕咕寫個不停。

「可小殷也是楚家人啊，跟著我們一同去面見國君有什麼不對呢？」這樣想一點也沒錯啊！

「不……」

「秦總管說了一聲不，語氣中掙扎糾結，顯然是在楚夫人的道理跟宮內規矩之中權衡。」

小季的話惹來秦總管一個白眼。小季頭都沒抬，立刻下筆。

「秦總管惱羞成怒，對史官見習生白眼相向，以為史官見習生的頭頂沒長眼睛看不到。但是身為一個史官，就是要眼觀四面耳聽八方，這小小的白眼自然不會漏掉。史官小季本名百季，從小的時候便以史官為自己的天職，日日精進文筆，磨練技術絕不懈怠……」

我們一齊無語沉默。

「我看小季只能永遠是萬年見習生了。他老是把自己寫進史書中，而且分量如此之多，根本就是變相的個人傳記。」楚殷咳了一聲，講出事實。

我點點頭，相當贊同，否則依照小季的能力和資歷，老早就晉升為正式史官，偏偏現在還原地打轉。不過小季後臺硬得很，沒人敢惹，於是他坐這萬年實習生的寶座坐得很穩。

「既然夫人這麼說，那麼就照辦吧！但下不為例好嗎？」秦總管想半天終於讓步。

這會兒小季忙著寫自己的傳記，沒空記錄他的讓步。

「好。」

我朝秦總管甜蜜蜜的一笑，楚殷立刻按著我的腦袋把我轉過去看前方。

「嗄？小殷？怎麼了？」

「娘瞧上頭有隻黃鸝鳥。」

「咦？啊！真的耶！」

「你們大家快看。」我連忙轉過頭告訴大家。

楚瑜和楚明一同揚起微笑。陽光透過林稍的樹葉，在他們臉上落下淡綠色的陰影。

我忽然愣住。

這個情景似曾相識，那時我抱著頭縮在樹下哭泣，找不到真實的自己。

我是誰？

那是我，這也是我。

我究竟是誰？

本來應該清晰的記憶彷彿被陰影籠罩，變得模糊一片……

「瀅瀅。」楚瑜蹲下身看著我。他垂落的髮絲輕撫在我的臉上，讓我的臉頰有些搔癢。
「怎麼辦，楚瑜？這樣的我不能嫁給你，我甚至不知道自己是誰。」我驚慌的捉著他的領口，好像無尾熊一樣攀爬而上，在他的肩頭啜泣。
楚瑜把下巴靠在我的頭頂，沉默的摟著我好一會兒。
「如果妳不知道自己是誰，那就把自己給我吧！」
這句話是什麼意思？我淚眼矇矓，有些不解。
「嫁了我，便從了我的姓，妳不需要糾結過去的種種，往後妳便只有一個身分，楚瀅瀅。」
「楚……瀅瀅？」我低喃著。這個名字熟悉卻又陌生。
「那你愛的是誰？你愛我嗎？還是愛『我』？你分得清哪個是這個我、哪個是那個『我』嗎？或者你喜歡的只是一個我，那另外一個『我』怎麼辦？」一長串好像繞口令的話，應該所有人都聽不懂，可是楚瑜始終是楚瑜，他了解我。
「都愛。妳的全部都愛。」他說著。細細密密的話烙在了我的心上。

「我會給妳幸福。幸福多了，妳就沒有空閒去思考煩人的事情了。」

當陽光灑進空間，黑暗自然會被驅走；不需要自己一個人抱著頭蜷縮在黑暗中，只要握住那隻朝你伸來的手，自然就會走出黑暗。這麼簡單的道理，我卻糾結了很久才找出答案。

「楚瑜。」有你在，連夢都會是幸福的。

我帶著笑朝他們伸出手。

楚明動了動，似乎想要上前來牽住我的手。楚瑜動作卻快了他一步，就快要碰觸到我的手的當下，一把飛劍直直朝我們中間射了過來。

「啊！」

楚瑜機警的跳開。我愣在原地，楚殷將我往後一拉，那把劍釘入後頭的樹幹上，把一株好好的桃樹從中分開。

「誰？有刺客！」秦總管喊了起來。

附近的士兵聽見呼喊，連忙聚集。所有人緊張的注視著小路的另一頭。

「沒什麼，你們不要緊張。」我搖頭晃腦的要士兵離去。

「楚夫人，請您不要涉險，刺客很有可能是以您或者楚瑜大人為目標。」秦總管緊張兮兮，連忙把我護在身後。

「忽然之間飛劍過來，秦總管機警護主。楚老夫人不知危機，仍然天真的想要上前與刺客面對面。而盡責的史官小季即使在刀光劍影之中仍然不放棄自己的職責，站在原地。除非刀劍讓我一劍穿心，否則絕對不會放棄紀錄歷史上的任何一瞬間。」

顯然寫得太激動，筆桿被小季自己捏斷。他聳聳肩扔開那枝筆，從腰間的包囊中掏出另一枝筆繼續寫下去。

「沒事啦！」我走到秦總管身前安慰道。

小路另一頭，人影緩緩出現。高大的身影，穿著紫金盔甲，陽光下像天神一樣閃閃發光。我一直懷疑這盔甲真實的作用是閃瞎敵人的雙眼，好趁機給對方一刀。

我鼓足中氣，向那頭喊起來。聲音之大，把樹上的黃鸝鳥紛紛嚇飛。

「小軍！不要在宮中練習飛劍！娘告訴你多少次，這是很危險的。」

「楚老夫人朝著宮門方向一吼。此時只見宮門走來了一位身穿盔甲的男子，原來來人是楚軍大人。顯然將軍大人剛才又在勤練新的武術卻尚未成功，差點造成一劍兩命。」

小季埋頭苦寫。我們沒人理他。

我提起裙襬衝到楚軍面前重重責備起他來。

「娘告訴過你多少遍！要練飛劍不要在有人煙的地方練習，要是射死了無辜的人怎麼辦？你要真想練習，不妨到我們楚家商場上對手的家門口練練，這樣既可練習飛劍，也可以順便除掉敵人。一石二鳥，不是正好？」

因為楚軍身高太高，抬頭責罵太久，我脖子仰得有點痠。

楚軍背著光，臉上表情看不清。聽完我的責罵後他彎下腰來。

「是，娘。」

來保護我們的士兵聽到楚軍的話都倒抽了一口氣。

對於他們的驚嚇我感到不明所以，瞥了一眼，見到他們用看見滅絕生物重現地表的神情驚訝的看著我。秦總管倒是習以為常。而小季仍然紀錄個不停。

「有惡鬼將軍之稱的楚大將軍，見到自己嬌小美麗位高權重的娘親時乖巧宛如綿羊。史官見習生小季在此判斷，楚老夫人前世應該是專門馴服惡犬的馴獸師，因此才能把楚大將軍管教得服服貼貼。」

「看什麼？」楚軍在我背後開口，聲音有點大，讓我耳膜發疼。

「沒、沒事。」那群士兵臉色發青打算撤退。

沒想到我大榮國的士兵如此不濟，我為我國的未來堪憂。

「沒想到現在士兵這麼弱，小軍你應該要好好訓練訓練。」

「娘說的是。」楚軍一跟我說話，音量立刻降下一半。

「你們，都到校練場去，每人跑五十圈後再來見我。」

那些士兵聽到這句話都慘叫一聲。楚軍卻不理睬他們，直接一把將我抱起，讓我坐在他的右臂上。

「唉呀！娘會自己走！」我輕喊一聲，為了穩住身子順手攬著他的頸項。他盔甲上的流蘇我很喜歡，忍不住伸過手去觸摸。

「娘不是累了嗎？」

「娘哪有累。」拒絕被當成溫室內的花朵，我認真回嘴。可是穿著軟鞋的腳一離開地的確感到無比輕鬆。

楚軍聳聳肩，也不反駁我，抱著我就往前走。

我一直都覺得無油白斬雞一樣柔弱的男子不是男人。所以說兒子最好要讓他練武，瞧小軍舉著娘親好像在舉羽毛一樣輕鬆。

「秦總管這可是要往君上那裡去？」

自然秦總管也要對我這兒子畢恭畢敬。

「是的，將軍。」

「那我跟你們一起去。」

此話一出，方才才說下不為例的秦總管臉色立刻垮下來。

「這……將軍……」

「同是楚家人，自家的事情自然要分擔。」他一句話，堵死了秦總管的退路。

「這可不是出遊啊！將……軍………」看著楚軍從樹上拔出清水南華劍的動作，秦總管的話尾都在發抖。

「有話慢慢說！將軍！」

我疑惑的看了秦總管一眼。發生了什麼事情嗎？

「面臨生死交關的威脅，宮內秦大總管是否會堅毅不屈，秉持宮中的紀律置自己的性命於度外……」

「你說什麼？」楚軍挑起劍，劍尖微微朝外。我猜他應該是想要欣賞一下劍反射出來的鋒芒，可是不巧秦總管就站在劍尖的前方。

「沒有！當然，大將軍想要見君上合情合理。」他忽然正經八百，一臉嚴肅的轉頭告訴跟在後頭的所有宮女，態度一百八十度大轉變。

聽說人在極度恐懼中反而會生出勇氣，顯然秦總管就是一例，我嘖嘖稱奇。

「秦總管屈服於刀劍威脅，不像史官總是威武不屈。就像是現在正在紀錄這份歷史的史官小季，就算被一百把刀劍抵著，也絕對要忠實記錄奸臣與忠臣的行為舉止，要讓這些歷史事實在大家的面前展現，讓後人知道我小季是一個威武不屈的史官……」

小季寫到渾然忘我，嘴角眉梢都在笑。

我聽得仔細，連忙補上一句：「見習生，是見習生啊小季。」

「啪！」小季又捏斷一枝筆。他抬起頭來看我一眼，又慢吞吞的看看楚軍，再看看楚殷，最後視線落到楚瑜和楚明身上，聳聳肩又低下頭去。

「楚老夫人不知尊重勞苦功高的史官見習生。就算是見習生，也遲早有一天會成為正式的史官。楚老夫人天真有餘智慧不足；但古人有言，女子無才便是德，她正好詮釋女人無腦的形象。」

「誰無腦！小季！你給我過來！」我雖然老了，可耳朵沒背，聽得一清二楚，一手環著楚軍的頸子，一手朝他揮舞拳頭。

「娘，妳就別計較，反正他寫的那些內容也只有小季家的那口子會看。」楚殷走了上來，體貼安慰著。

有天大的火氣被這孩子一哄也就沒了。

「各位大人，咱們也該前進了吧？國君已經在上面久候。」秦總管看看時間，臉上冒出汗來，拚命以袖口擦去。

對喔！大榮國的國君還在殿上等著我們……這種在路上逗留的行為是多麼失禮。

「秦總管，下次不可以這麼失職。在路上逗留這麼久讓君上久候，成何體統？」我振振有詞的誡訓著。

秦總管看著我一陣子，忽然轉頭朝後面的宮女問著：「妳們有帶刀嗎？」

「回總管，奴家沒有帶。」那宮女有點疑惑，輕輕反問了一句：「您要刀子做什麼？」

「我想要在她把我氣死之前先殺了自己，免得到黃泉變成一隻瘋鬼。」

第四章

這一路拖拖拉拉的，等我們到達了大榮國國君面前時，已經從三人行變成了五人行。

殿上，鳳仙太后坐在國君右側，王后坐在國君左側。

王后是殺手出身，就算現在金盆洗手、且已經是三個孩子的媽，仍然不改她動不動就想抹人脖子的習慣。

鳳仙太后常常跟我抱怨這媳婦太衝動，脾氣都不懂得收斂。當時她一邊說著，一邊擦拭著她的隨身寶劍，我想起一句俗話叫做「上梁不正下梁歪」。

「君上，人帶來了。」

秦總管行禮，我們也跟著做做樣子。

平常我面見太后時都沒在跪，這一回是面見國君，避免不了這個禮節，但想到要下跪就覺得膝蓋發疼。

「楚家夫人體質柔弱，地板寒涼，跪著對膝蓋不好，就免禮了吧！」鳳仙太后果然體諒我，一開口就讓我半彎的膝蓋瞬間打直。

「謝太后恩典。」我喜孜孜的站起身，見到太子正躲在屏風後頭偷看。

這孩子越看越可愛，額上那朵鳳陽花印讓他看起來更是俊秀。我忍不住朝他眨眼示意，他則默默的從懷中拿出捕獸夾放到地上，小臉滿是期待的看著我。

難道他把老太太我當成狐狸來捕捉不成?就算我真是狐狸，也沒笨到會自己去踩捕獸夾啊！

「楚大人平安歸來，實在是讓本王吃驚。」喊過平身之後，大榮國國君首先視線就落在楚瑜身上。

「多得君上的福分。」楚瑜淺淺一笑，有禮回應。

「為了歡迎楚大人歷劫歸來回來，來人。」國君一聲令下，數名站在太后身旁的宮女們捧著盒子上殿。盒子中的禮物大概是金銀珠寶那一類的。

「這裡的禮物，楚大人盡可以接受。」宮女們伸手一揭，室內霎時異芒四射。

七色珊瑚、深海夜明珠……等等，珍稀的玩物滿滿都是，可以想見國君對楚瑜的厚愛，但這其中一個盒子裡的東西看得讓我蹙起了眉。

楚瑜默不作聲。

「楚大人可喜歡？」國君清清喉嚨，接過宮女奉上的茶水。

「多謝君上。」

「多謝君上。但這禮我們萬萬不能收。」我雙膝落地。果然地板很涼。都這把老骨頭了還要遭受這種折騰，下次應該建議太后多鋪幾層地毯。

眾人的目光一下集中在老太太我身上。

鳳仙太后和國君交換一個眼神，一下都嚴肅起來。

「那個盒子內的東西。」我朝右前方一比說道。

那是一把頭尾不過小臂長的短棍，棍身是黑烏木，刻有精緻的雕工，把手部分鑲綴著幾顆鮮豔如血的紅寶石。

「是先王的祥龍棍，是先王在駕崩前最珍愛把玩之物，是宮中之寶，我們萬萬不能收。」楚瑜帶著我去庫房見過幾次，這種東西，不可能賜給一名臣子，就算那人是對大榮國有恩的楚瑜。

「是嗎?誰把先王的祥龍棍拿到這裡來?辦事如此糊塗?」鳳仙太后聳聳肩，開口訓斥道。

被訓斥的宮女身子縮了縮，趕緊把盒子蓋上回到太后身邊。

剩下的東西我們自然是收下，國君的賞賜沒有理由拒絕。

「今天除了楚大人之外，其他人來所謂何事?楚將軍與楚丞相都在，可不是來商談國家大事的吧?」瞧見這麼大的陣仗，顯然國君也有點意外。

「今天前來，是有個不情之請。」楚明往前一步，既然現在楚府當家是他，自然是由他作為我們楚家的代表。

「但說無妨。」

「想要請陛下讓我們出使北蒼國。家父從那裡平安歸來，希望能夠對拯救他的村人表達感謝。」

這句話一出，殿上忽然一片沉默，讓人連呼吸都有幾分困難。這種沉重的壓力不是來自國君，而是來自——

「不行。」

鳳仙太后語氣跟平常完全不一樣，平時的她總是生氣勃勃，雖然動不動就要砍人，但她的心思顯而易見，從沒有像現在這一刻般冷然，無形的壓力讓人喘不過氣。

「哀家說什麼也不會准許。」

鳳陽國跟北蒼國是宿怨。

北蒼國資源稀少、氣候嚴寒，長久困苦的日子讓人民的性格變得尖銳。只要是為了自己，只要是為了能多享受一天的富足生活，就算要他們放火燒了整座城都可以，全然不在乎別人怎麼想。

而首當其衝的就是鳳陽國。

鳳陽國陰盛陽衰，國人大多為女子，許多國家都認為鳳陽國容易欺侮。但其實為了隨時替代不足的男子們上戰場，鳳陽國的女子多數剽悍會武。

因此覺得鳳陽國較為容易攻下的北蒼國，向鳳陽國發動過兩次大規模的毀滅性戰爭，雖然其中一場並不是以鳳陽國為最終目標，卻都讓鳳陽國受傷慘重，血流成河。鳳陽國的女王流著淚，站在軍隊疊起來的屍體上沉痛發誓——

銘記此仇不共戴天！

她們絕對不會忘記這份傷痛，刻在歷史中，烙在每一個鳳陽國的子民心裡。

鳳陽國的人民性格剛烈，是絕對不會忘記這樣的傷痛。就如同現在的鳳仙太后一樣。之後除了將王子留在國內，鳳陽國女王將公主們紛紛送到國外與各國聯姻。藉由她們的美貌和婚姻關係來保障自己國家的安泰。鳳仙太后一開始被送到大棠國，也是因為這個目的，但後來與大棠國國君情投意合，就另屬佳話了。

因此鳳陽國與那麼多國家聯姻，卻不曾動過與北蒼國聯姻的念頭。

「要哀家允許，除非哀家死。」鳳仙太后揮袖冷然道。

我第一次看見太后用這麼冰冷的目光看人，視線鋒利的宛如她始終不離身的那把寶劍。

「母后請息怒。」國君伸出手，輕拍鳳仙太后的手。

她的手已經握成了拳，光是聽到那個國名，就憤怒得難以自持。

「北蒼國跟我國一直不交好，即使正式請求出使也是危險重重，楚家對於大榮國的重要性無人能及，本王也不贊成這個請求。」

大榮國的軍事、政治、商業，我們楚家無不掌握了一半的命脈，一旦我們楚家落於其他國家手上，那麼大榮國簡直就是被人捉住一根軟肋，不奇怪為何國君會拒絕這項提議。

「我們會很注意，絕對不會出差錯。」楚明不放棄，仍然試圖說服。

鳳仙太后眼一瞇，手已經摸上了劍。

「你這是在挑戰哀家？」

「臣不敢，只是臣希望能完成家父的願望。」

「哀家的命令跟他的願望……不對，應該說你的命跟他的願望，你要取捨哪一個？」鳳仙太后陰惻惻的語氣，讓人難以猜透她心中的想法。

楚明不語。

突然，我覺得有哪個地方不對勁。

曾經有這麼一個故事，有一個孩子丟了，兩個婦人都說他們是孩子的娘。公正的裁判官為了找出真正的娘，吩咐要兩個婦人搶奪孩子。雙方爭奪拉扯之下孩子哇哇大哭，而親生母親不忍心的鬆開手，自願放棄孩子。

如果是楚瑜，那個維護家人至極的楚瑜，這時候他一定會……

「我願意以我的性命來換楚瑜的願望！」我揚聲一喊，震碎了廳內透不過氣的壓力。

當鳳仙太后面露詫異瞪著我的時候，我看得特別明白。

這是一個局。

鳳仙太后不是真的動怒，也不是真的要取楚明的性命。鳳仙太后平時雖然囂張霸道，卻絕對是一個賢明的太后。先王死後，為輔佐年幼的國君順利接掌朝政，除了我楚家的全力支持，鳳仙太后也功不可沒，她以女強人的氣勢為太子撐起一片天，並且審時度勢讓朝政維持清明。

這樣的女子，會因為單單聽到敵國的名稱就動氣，未免太事有蹊蹺。

所以這是一個局。我不知道楚明是不是涉入其中，但很顯然他們在測試，看那個該出聲的人會不會出聲。

如果他是楚瑜，是真的楚瑜。

他們在懷疑這個人的真實身分。

「請停止這種行為，太后陛下。」我伏下身去，額頭重重碰在地上發出沉悶的聲響。

「瀅瀅！妳！」

我抬起頭，幾個宮女想要上前扶我，卻被我一掌揮開。

「娘……」楚殷皺眉，也上前來。

「你住嘴，小殷。」我喝斥道。我曾經執掌過楚府，對於這種威嚴的語氣自然是不陌生，只是不常使用。畢竟這些孩子自愛又發奮向上，根本不需要我用嚴肅的態度以及語氣來管教，於是就放任我的腦袋使用率維持在零的狀態。

不管，是因為我放心，但眾人的所作所為我都是看在眼裡的。

「他是楚瑜，我願意以我的生命擔保他就是楚瑜。」我看向太后，再次把頭重重的磕下去。

再抬頭乍然一瞥，楚明的臉色鐵青，顯然他是早知內情，卻被我亂了局。

做他們的娘，沒有兩把刷子還真當不起。

但我不會忘記，在成為他們的娘之前，我是楚瑜的妻子。

不過好像撞得太用力，額頭有點紅腫發痛，我卻毫不猶豫，再次把頭往地上撞去，突然感覺到忠臣撞柱死於朝殿上的悲哀，但這一頭撞下去卻半點不疼還軟綿綿熱呼呼的，難道這地板也硬不過我的額頭？

「如果太后有什麼問題，大可以衝著我一個人來。」

隨著這句話，我的腰間一緊，讓人好像綑布袋一樣攬在身旁。

我抬頭往上看，只看到楚瑜的下巴。果然線條很好看，優美的像幅畫。

「多年不見，突然回到大縈國，楚瑜自知難解眾人的疑惑，但若有任何的問題大可直接詢問我，不需要這般試探。」楚瑜語氣朗朗，但是他這個攬布袋的動作手頂到我的胃，讓我難受得很，偏偏他不放手，我像一隻離水的魚笨拙的掙扎。

他停了停，又繼續往下說：「但不管是什麼原因，都不該讓瀅瀅這般表態。」

罕見的，他語氣中竟然有些動怒。

我是很感動楚瑜這番話，但我的胃還是被頂著，充滿想要嘔吐的衝動，如果吐在王宮大殿上實在是不怎麼好，尤其旁邊還有一個眼巴巴恨不得多撈點八卦的小季，我拚死也不能失禮。

國君和太后沒說話。在這一片沉默中，嘀嘀咕咕的嗓音特別明顯。

「國君懷疑多年忠良。楚瑜丞相雖是多年未歸，但心思細膩不改，一眼識破國君的計謀……」

識破計謀的人是我！我想糾正他，但掛在別人手上、胃還被頂著的時候，顯然說句話就變成了高難度動作。

「狡兔死走狗烹，飛鳥盡良弓藏。當國君開始懷疑忠良時，就是國運要開始往下衰敗。看來人民心中賢良的大榮國國君榮艾先，以及聖后鳳仙太后也開始老眼昏花、識人不明，但這一切看在史官小季的眼裡是明明白白……」

聽到這些話，我認真的懷疑起等等太后突然想練習飛劍的機率有多高。秦總管又在擦汗了，卻半句話都不敢說。

「上官大人求見。」

我低著頭只能看見眼前的地毯，外頭的小廝叫得響亮。

上官傲，副丞相。他的官位差我家楚明那麼一點，帥氣也差了那麼一點。是世家大族出身，但論起勢力也差我們家一點。雖然每項都是差了那麼多一點，但看在普通小老百姓眼中，他似乎也是不得了的人物，擁有相當數量閨女俱樂部的支持。

他的個性與其說是嚴肅自持，倒不如說有點自閉，聽說他一年內在人前說的話不到十句，秉持沉默是金的格言到極點，有時朝政時都讓人忘記了還有個副丞相的存在。

「上官傲副丞相上殿。此人卑鄙可惡，專門欺負無辜的史官見習生，後世之人應當警戒，不得接近所有姓氏為上官的人……」小季的聲音難得有些慌亂。

我轉頭看去，正好看見老鷹捉小雞那一幕，小季被人提著領子抓出殿門外，臨走前上官傲還不忘行禮。一陣風似的來去。

差點忘了說，上官傲就是小季硬得不得了的後臺，誰知道是怎麼回事？反正就是他們從小竹馬竹馬的長大，於是上官傲沒看上任何一顆青梅，反而成天追著小季跑，小季對上官傲的表現討厭至極，但這上官傲冷著臉窮追不捨，痴心感人。

「殿上人看見史官見習生遭逢不幸無一伸出援手，世風敗壞，道德淪喪，蒼天無眼啊——你這個壞蛋，不要拿走我的筆……嗚嗚……不要親……」

我拉長耳朵想聽個分明他們究竟要去做什麼，可是很快就全無聲息。

「想必楚瑜大人有些誤會，太后絕對沒有這個意思，只是聽見敵國的名稱有些動怒；而楚夫人太過激動，對於太后的意思理解錯誤，才會讓事情糾結難解。」國君不愧是國君，從剛剛那團混亂中很快回過神，三言兩語、四兩撥千斤。

「但是北蒼國一向與我國不交好是事實，本王也不希望你們前去。這是擔心你們的安全，絕對不是對楚瑜大人的身分有任何懷疑。畢竟楚瑜大人能夠平安回來，是我大榮國之福。」

他輕輕一帶把話題轉移，順勢拐個彎稱讚了楚瑜。話說得這麼漂亮，讓人無法再氣憤，也無法再追究下去。

果然不愧是被譽為最賢明的國君。一直以來我都以為他最優秀的長才就是追王后跟生兒子，真是辱沒了他。

「君上說的是。多謝君上的賞賜，那我們就先告退了。」楚瑜行禮，把我從掛在身邊改成抱在懷裡，讓我感覺舒適不少，至少不會有吐在大殿上的危機。

「你生氣嗎？」我攬著他的脖子，有些小心翼翼的問道。他緊抿著脣看起來有些不開心呢？

「很生氣。」

「對不起。」雖然不知道他在氣什麼，但先道歉應該不會有錯。

楚瑜繃著臉抱著我離開殿上，我不知道該怎麼辦，乾脆盯著他的頭頂，試圖找出一根白頭髮。不知道他在生什麼氣，也沒辦法哄他。

「妳要是把頭給磕破了，以後留下疤痕該如何是好？」

「嗄？剛剛我沒想這麼多……反正都人老珠黃了，多一、兩條疤應該不要緊吧？大不了口水抹抹看會不會好。」

楚瑜似有若無的扯扯脣角，像是想笑又極力忍住。

「下次別做這麼不經大腦的事情。」

我眨眨眼，好像有些理解他生氣的點，但是為什麼要為這個原因生氣呢？

「你是因為我把額頭弄傷而生氣嗎？」

他長長的嘆一口氣，走下長長的宮階。

「這不是理所當然的嗎？」

老太太我的眉頭更加皺起，足可以夾死一隻蚊子。看看左右，發現楚明他們被落在很後面，不會聽見我們的對談，便疑惑的問起來。

「為什麼？你根本沒有這個必要生氣，不是嗎？」

第五章

楚瑜看著我，他的眼睛很漂亮，像一面鏡子一樣反射出我的影子，可是他的眼裡總是反射出別人身影，你卻永遠不知道他在想什麼。

「瀅瀅，妳為什麼這麼說？」

我眼角餘光一瞥，把手從他的頸項滑到他的胸前，玩弄他的衣領。

「你告訴過我，楚家的夫人沒這麼好當。既然這個位子是我強求來的，那麼為你做任何事都是我心甘情願的，因此你生氣是多餘的。」

「今天就算全天下的人都不相信你，但我一定會站在你這邊。」有楚老太太我一句話，誰敢說你不是楚瑜？我是你的妻子，沒有道理認錯人。

楚瑜脣角微微扯動，我以為他要微笑，最後卻逸出一聲嘆息。

「瀅瀅。」不大不小的威嚴呼喚從丹桂樹後傳來。

我抬眼看去，原來是鳳仙太后，罕見的有些怒容。能走得比我們快，顯然她是抄了宮內的密道。

「楚大人，不介意讓哀家跟瀅瀅談談吧？」

鳳仙太后雖然在笑，但我看得出她笑意不到眼底。

楚瑜抱著我的手一緊。我拍拍他，要他放我下來。他黑眸轉向我，無聲的詢問。

「沒問題，鳳仙太后人很好。」

再三保證，楚瑜才放下我站在原地，讓我一個人走向鳳仙太后。

「太后陛下。」我彎一彎腰，有禮福身，心思卻被這棵丹桂樹吸引，金枝丹桂開得真早，現在這個季節就有丹桂飄香滿樹，明年楚府也來種一些，好讓春桃她們都拿桂花薰衣，肯定香氣襲人。

「瀅瀅，妳為什麼這麼做？」太后質問著，語氣全然沒了平時的輕鬆。

「什麼這麼做？」嗄？最上面那片葉子竟然變成金黃色，看起來真漂亮。

鳳仙太后受不住我神遊的樣子，伸手捉住我的肩膀就是一陣搖晃。剛剛用頭撞地板本來就有些暈乎乎的，還好是楚瑜抱著我走，否則我可能早跌倒在地。現在被太后那麼一搖晃，更是七葷八素，但還是勉強站著。

「妳別又魂遊九天。」

好好，既然太后堅持，老太太我也只好遵命。

「他是我丈夫，我自然會維護到底。」我慢吞吞說著，一字一句都說得清楚。

「就算他再怎麼長得相像，妳也不能被迷惑。他不是楚瑜……」

「他就是楚瑜。」我毫不猶豫，打斷鳳仙太后的話。

之後回想起舉動，連老太太我自己都覺得有點不可思議。當時怎麼就那麼大膽，不怕被鳳仙太后拉出去砍腦袋，這麼明目張膽的頂撞她。

大概是為了楚瑜，我什麼都願意做。

「六年前的事情，妳沒有忘記吧？」太后的語氣很沉。

此時，我覺得腦中開始隱隱作痛起來，手腳冰冷。這是從以前落下的老毛病，沒有好轉。

「我沒有忘，我一分一毫都記在心裡面。」

「那既然如此妳為何……」

「因為他是楚瑜。」我很堅持，沒有轉圜餘地。戲臺上常常說，眼中透出死也不屈服的光芒，我不知道說這話的現在自己的眼中有沒有這種光芒，我只知道如果誰要懷疑他的身分，就先踩在我的屍體上過去。

「如果今天是先王回來，當所有人都不相信那是先王，只有妳相信的時候，太后陛下妳會怎麼做？」我抬起眼皮，一字一句說著。

鳳仙太后的身子僵住。顯然先王是她的軟肋。

末了她冷笑一聲。

「先王可不懂死而復活這種事情。」

「楚瑜沒有死，所以也不是死而復活，他只是遵守我們的約定回來了。」

「瀅瀅，只要我沒有死，不管任何形式，我一定會回到妳身邊。」

他是這樣跟我說的，所以誰也不能懷疑這個「楚瑜」的真假。

鳳仙太后沉默了好一會兒。

「妳要去嗎？」

「去哪？」我覺得頭越來越暈，連自己的話聽起來都有點模糊。

「北蒼國。」

「如果楚瑜要去，那我也會去。」無論如何都會去。

「瀅瀅，如果妳一去不回呢？」

一去不回？像當年楚瑜一樣嗎？想到這裡，我忽然綻出一抹笑，看見鳳仙太后的表情瞠目結舌。我很久沒這麼笑了，以前我第一次這麼笑是在楚瑜面前——唇角淡勾，眼眸半闔，有點像是喝醉酒。當時楚瑜的表情也有點吃驚，我想大概是我笑得很醜才會這樣。

但有時候，人就會不由自主想這麼笑。

生同寢，死同穴。能跟楚瑜在一起，我是到哪都好。

「那就是我心中最大的願望。」

「妳的兒子們呢？」鳳仙太后繼續問道。

我晃晃腦袋，覺得有一絲清明鑽進來，楚明、楚軍、楚海、楚殷、楚風、楚翊的面孔好像花朵綻開，一個個出現在我心中。

最後出現的，卻是楚瑜的臉。

我深深吸一口氣，卻覺得這口氣有點哽咽。

「我一直都遵守著跟楚瑜的約定，這回該輪到他遵守約定了。」

第一次赤裸裸的把心事都坦露在別人面前。

「那這塊令牌給妳。艾先這孩子說一是一，他不會答應你們出使北蒼國。但持有我的這塊令牌就可以名正言順的離開。」

入手的令牌是烏木做的，照理說很輕，拿在手上卻沉甸甸，心中也備感壓力。

令牌就像鳳仙太后的分身，見令如見人，我順勢收進懷裡。

「謝謝太后。」我低頭行禮，精神再支持不住。看見草地離我越來越近時，老太太我心中卻只有一個想法。

唉！果然還是要磕三個頭，偷懶不得。

＊　＊　＊

「妳叫什麼名字？」

「我叫瀅瀅。那妳呢？」

「我是……」

倏然睜開眼，鬼醫莫名披頭散髮的臉就在我眼前放大。

「啊啊啊啊啊——」

「娘？娘妳怎麼了，還有哪裡不舒服？」楚翊立刻緊張兮兮的從旁邊湊上來，一把握住我的手。

一看見這孩子的臉，我就不自覺的身體疼上三分，人越老就越要哄，尤其是這麼貼心的小翊，老太太我更是慘叫連連。

「疼啊啊啊！」

「娘說她還疼呢！」楚翊轉頭朝鬼醫嚷嚷。

鬼醫莫名一邊把他的隨身金針擦得亮晶晶，一邊扯了扯唇角。

「早針完了，不知道夫人在疼什麼？」

老太太我含著淚，幾分委屈。

「就是因為針過才疼。剛剛睡著了不覺得，現在要加倍疼回來啊！」

「那我再幫夫人扎幾針止疼的。」說著，金光閃閃的針又要落下。

「啊啊啊啊啊——」

「娘，都還沒針呢！」楚翊連忙哄著我，可愛俊秀的臉上滿是擔憂。

「娘這是預先想像有多疼的慘叫，等等還有被針的慘叫，還有被針後驚嚇過度的慘叫。」我理直氣壯。都不知道這有多疼，老太太我細皮嫩肉禁不得針。

「娘——」楚翊顯然有些哭笑不得。

「夫人自己要注意身體，多年舊疾難以根除，每次發作都有可能會縮短壽命。」鬼醫莫名總是一身黑衣，不知情的人看到他面無表情的臉還以為他是勾魂使者，一點也不像傳說中的神醫。

楚翊聽見鬼醫的話，臉色馬上沉下來。

「娘，需不需要替妳溫手腳？」

溫手腳這句話如果放在別人家，也許是放盆熱水泡泡，但在我楚家可不是這麼一回事。老太太我手腳容易冰冷，不是天生，而是舊疾所致，當時命懸一線。如果不是鬼醫莫名剛好經過楚家門前，而楚翊發狂的衝出去抓住了他，現在老太太我可能就不知道在地下第幾層了。那時他跟莫名談了什麼沒人知道，但從此以後鬼醫便成了楚府中的專屬大夫。

這老毛病只要心情愉快，過得順心，定時泡泡鬼醫那鍋藥湯，喝喝苦死人不償命藥茶，再加上一堆珍材食補就能有效預防發作。想老太太我這麼重病重傷都能養好，就搞不懂為什麼市井小民們死亡率這麼高。

只是總有萬一。前幾年人忙起來舊疾不時發作，楚翊便渡以真氣幫我按摩手腳，減少冰冷的痛苦。我想小翊這孩子會練武，大概有一半是因為老太太我的關係。

「沒事，我還沒那麼嚴重。」我拍拍他的手，一瞥，這才發現床邊其實還站了一圈人，唯獨楚風不見影子，可能他怕把室溫弄得太低老太太我容易著涼。

「楚瑜？」我坐起身詢問。剛起床身子還有些軟弱，聲音中氣不足。

「我在。」楚瑜迎上來，坐在床邊。

「小翊，我有話想要跟你們爹說，你們先出去好嗎？」

一摸胸口，還好沒人替我換過裡衣，太后的令牌還在那裡。

我想小翊他們大概是走了，因為我聽見門開了又關的聲音。抬起頭，房內也只剩我跟楚瑜。

「瀅瀅，妳不多休息，有什麼話要說？」

楚瑜把我一邊的髮撥到前面。

可能是因為被子太厚，我的額頭微微冒汗，手一摸才發現冒汗的原因其實是被包上了層層紗布。我按住額角，覺得腦袋輕鬆不少，大概是頭上那堆有的沒的裝飾品都被拿下來了。我常懷疑花錦城內婦女們大半的頭痛毛病，都源自於腦袋上擺了太多裝飾品。

我從內裡拿出那塊令牌。楚瑜看著我，滿臉不可思議。

「我們去北蒼國吧！你既然想去，我便跟你一起去。」

「這是誰的令牌？」

「這是鳳仙太后的令牌。可以開啟我大棠國任何一道城門——從國都一路到邊境。見牌如見人。全國上下只有太后和國君才有。」

「太后竟然把這麼重要的東西交給妳？」楚瑜看著令牌，語氣有些不可思議。

「其實鳳仙太后心很軟，只是大家都誤會她了。」雖然我也曾經看過鳳仙太后拿著劍追殺某貪官，但我相信打是情、罵是愛，太后一定只是希望國家更好，所以我就在一旁喝茶吃點心欣賞，絲毫沒有求情的意思。

他眼眸轉深，伸手從我手上接過令牌，手心乍然一輕。

「我只有一個要求，楚瑜。」我看著他，仰視著他的臉。

我能把一切都給你，但求你一件事情。

「先好好休息，有話之後再說吧！」他柔聲說著，想要安撫我躺下，我卻搖頭拒絕，捉住他的袖口。

「這件事情很重要，我無論如何都要告訴你。」

「無論如何，請你不要做傷害那些孩子們的事情，以及傷害大榮國的事情。」我看著他，萬分認真的凝視。

「瀅瀅，妳知道嗎？如果妳願意，大概是千軍萬馬都要拜倒妳的裙下，妳成我的妻，也許是我辱沒了妳。」

楚瑜眼中眸光閃動，把那塊令牌收在懷中。

「妳說什麼傻話，我身為前任的大榮國丞相，是絕對不會做出任何傷害大榮國的事情。」

「我要你保證。」我很堅持，整個人都要趴在他的胸膛上。

「我當然不會危及大榮國。」他拍拍我的頰，不由分說把我壓倒在床上，還替我拉好被子直到下顎。

「太好了。」我泛起大大的笑容。「楚瑜你是一諾千金的，對吧？」

楚瑜看著我，像是從沒見過般的看著我的笑容。

「難怪有人說，一顧傾人城，再顧傾人國。」

他的食指撫過我的頰邊，讓我覺得有些癢，忍不住咯咯笑起來。此情此景讓人幽幽勾起回憶，想當時老太太我還是青春年華一朵花，爛漫天真人見人愛。

咳！人見人愛這項其實沒有，見過我的男人十有八九都會送情書給我，定情玉珮也不少，只是當時我全都送進當鋪當掉換點心吃。至於見過我的女人……十有八九都痛恨我。

「你可不可以握著我的手，像以前一樣握著我的手。」我從被子裡面伸出手，表示要討握。

楚瑜猶豫了下，還是順著我的意思握住。

我們握得很輕，是不含任何意義在裡頭的肢體接觸，可是卻讓人溫暖。

「聽說只要碰到另外一個人的體溫，就會讓人覺得安心。」因為人是沒辦法單獨活下去的生物，楚瑜給了我新的家人，而我也發誓要好好守護他們。

「真的很溫暖。」楚瑜垂下眼眸，語氣忽然低沉幾分，帶著一點沙啞磁性。

我看著他，甜甜的笑了。

「北蒼國很冷吧？」

「沒有四季，一年幾乎都是冰天雪地，幾年來我看過的花朵屈指可數。」他的眼神，似乎在回憶。

「你怕冷嗎？」我說著，把他的手更加握緊。

「不怕，在那種地方生活，也沒有什麼好怕的。」

「我不是這個意思。」我動了動，從被子裡伸出另一隻手摸上他的心口。

「你這邊，怕冷嗎？」有些人即使活在有如春天的地方，心還是冷的；有些人就算活在寒冬降臨的地方，因為有愛也會溫暖。我一直都被楚府內眾人滿滿的愛包圍，從來不覺得冷。

楚瑜愕然，清俊的臉上閃過一絲突兀的情緒。

「如果怕冷，窩在一起睡就好。」我往裡頭滾滾，讓出一半床位。

「這……」

「我們是夫妻嘛！睡在一起本來就很正常。」我笑咪咪的，沒給他逃避的時間。反正我也常常跟小翊一起睡。

楚瑜迫不得已，和衣躺下。我靠到他的身側，頭髮散開，昨天特地薰上的牡丹花香飄散。

「是不是很溫暖？」

「嗯。」楚瑜的話語很輕，幾乎聽不見。

「兩個人一起睡，是加倍的溫暖。如果越多人一起睡，一定會更加溫暖的。好了，快點睡吧！」這是很簡單的道理不是嗎？下回叫小翊、小殷他們都一起來睡好了。

「你放心，我也常常跟小翊一起睡，我想自己的睡相沒有太差……」我打了個呵欠，朦朧間就要進入夢鄉，卻隱隱約約中聽見有細碎的交談聲從窗外飄進來，說什麼都聽不清了，但我認出有郝伯、有楚明……還有楚翊……

唉！這些愛操心的孩子，什麼時候也學會聽牆角這種偷雞摸狗之事？

第六章

今晚夜色很好，好的夜色意義就跟好的白天一樣，吃飽人懶想睡覺，但可能今天白天老太太我睡午覺多睡了點，半夜不知怎麼竟然轉醒過來，看著床頂發呆。外頭紫紗屏旁還點著一盞燈火，今晚守夜的是夏荷，正靠著燭火邊打盹。我怕等會兒她靠得太近，燭火燒到自己的瀏海，便偷偷摸摸走過去，替她吹熄。

這會兒無事可做，又睡不著，人說散步有益身心健康，老太太我不落人後，決定也跟個潮流。

時已入秋，有些敏感的花木們葉片搶先轉黃。這老太太我就不懂了，花可以早開，怎麼葉也可以早黃，難道這些植物沒聽過明日黃花這句話嗎？我對著一株欖仁樹嘀嘀咕咕半天，告誡它明年不可以這麼早黃才走開。

天上是滿月。老太太我總是弄不懂曆法，為什麼動不動就是滿月？以前一堆人寫情書給老太太我，上頭都寫著，月圓之夜某時某刻我在城郊忍冬樹下等妳，至死不渝。

老太太我就奇怪了，這大半夜不睡覺跑去忍冬樹下做什麼？草叢中很多蚊蟲，去提供新鮮血液會比睡覺好嗎？再者我跟你八竿子打不著，啥時至死不渝，你自己死了不就結束了？干老太太我什麼事情，為什麼要拖我下水？

所以那些等來等去的邀約我從沒去過，後來聽說那忍冬樹下因為殉情死的人還不少。不過，我想那些人大概跟我沒關係。反正那麼多人，兩兩湊成一對，也不至於孤鬼一隻。

我轉過彎，就見到有人白衣飄飄，立於杏樹之下。這大半夜穿著白衣在園子內走路好像足不沾地的人，全府數來數去會做這種無聊事的也只有楚風一人。

「小風？你大半夜不睡覺在這邊幹嘛？」我咳一聲，走近他。

楚風正半靠在樹上，雙眼半闔，聽見我的聲音才慢悠悠睜開眼。

「娘真想要知道？」

他的聲音溫涼冷淡，我立刻覺得氣溫下降幾度。早知道會遇到小風，我就該多添件外衣才出門。

還在那邊兀自懊惱，小風卻直起身子，同時一樹杏花綻放，整個園中暗香浮動，把老太太我看傻了眼。

「小風，你啥時學會了開花公子的本事？」我嘖嘖稱奇。

「最近學會的，想給娘看一看。娘喜歡杏花不是嗎？總說恨不得能多開幾季。」他伸手，一朵杏花無風自落，降到他的掌心中。「但我不能改變四時運轉，娘現在看的不過是海市蜃樓，明日晨光一照射到樹上，滿樹杏花盡落。」

他伸手一握再打開，照理說應該會看到稀巴爛的杏花，我卻只看見一點點白色的晶瑩粉末。

「好像星星遺落的灰塵。」我噗哧一笑，也依樣畫葫蘆。摘下的杏花在我指尖散開，美麗而虛幻。就像這兒子給我的感覺。楚風的俊美清透虛幻，好像易散的雲彩，偶爾看著他，我總覺得這個兒子彷彿隨時會離我而去。

想著，就忍不住眼眶有些酸澀。

「天晚夜色涼如水。娘過來這兒坐。」楚風找到一塊突起的粗大樹根，異常平坦，剛好可以容我們兩個人坐上去。

天晚夜色涼如水，大榮國水氣充足，現下又是秋天，每天清晨時都會在花草上結著薄薄的霜，陽光一曬就沒了影子。

楚風除下身上的披風為我披上，這是一個孝順兒子該有的行為，我很滿意的接受他的貢獻。意外的，楚風的披風很溫暖，不像他給人氣溫下降兩度的感覺。

「你大半夜不睡覺，就來這邊讓杏樹開花嗎？」雖然這孩子一直都很高深莫測，但這種行為讓人合理的懷疑不是思春了就是這孩子走火入魔。

「我沒有走火入魔。」

楚風淡淡一句，老太太我立刻在心中暗罵自己。楚風這孩子沒事就愛竊聽別人心中想什麼，跟他在一起最好就要淨空心靈、四大皆空，想像自己隨時得道升仙。

「娘還這麼年輕，就想當神仙？」楚風一笑，竟然有幾分戲謔的味道。

該死，又忘了這孩子愛竊聽。

「娘不是說身教重於言教？在心中說粗話就行嗎？」

他仰起頭，月光正好映照在他白皙的側臉上，一片瑩白通透，比我還要透白三分。我兒子這種膚質，不說話、不吭聲、不吐氣，別人還以為我家五兒子是尊玉雕。

「娘不喜歡白？」

「……」

我看過去，他朝我一挑眉。

「小風……咳……你能不能停止偷聽娘的心裡話？」

「不可以。」

「你不是跟娘做過約定嗎？」這孩子！啥時學會說謊？食言而肥，小心變個大胖子。

「娘，我沒有食言而肥，這是妳的承諾。妳說妳心裡的事情隨我聽，但我不可以去聽別人的心裡話，不是嗎？」

當下老太太我的臉立刻垮了。好像，真的，有這麼一回事。

「所以娘應該以身作則，絕對不食言而肥才對。」楚風笑咪咪的。

很少看小風笑得這麼燦爛，在別人面前他總是溫溫淡淡，好像一盆永遠煮不開的水，但只有我們母子倆私下的時候他才會有這種表情。

「那是因為我喜歡娘啊！」

楚風這句話，一貫的語氣，卻讓老太太我心中漏了幾拍。

喜歡喜歡，這詞平時聽楚翊說多了，總能呵呵笑著拍拍他的頭，說聲小孩子氣。楚風這孩子雖然只比小翊大一歲，論起來輩分排行倒數第二小，卻讓我無法對他說出這種話。

他性格認真，人前是抵死吐不出這句話來。身為國師的他，必須清心寡欲，兼善天下，以此取得在人民心中的信賴感。其實國師這個身分，說高很高，但卻是眾人拱出來的一種地位，沒有眾人的支持與信賴，哪怕他再有能力也沒有用。

就算在宮中相見，他也是恭恭敬敬喚我一聲楚夫人。他是宮中神官之首，這點威嚴是必要的，必須營造出沒有兒女私情的形象，這點我始終都能原諒他。

但這種死心眼的孩子說的喜歡，就是真的喜歡，是捧在手心沉甸甸的一份情感。我忍不住眼眶有些紅起來。為娘的容易被這種小事感動莫名，這種無法言說的沉重情感，像極了楚瑜給我的感覺。

「娘要去？」楚風看著我，無比認真的詢問。

「這不用娘回答，不是嗎？」我想楚風是一清二楚，瞞不過他。

「即使那是海市蜃樓呢？」他還想說，卻被我一指點在脣上。

「我不想知道。小風，就算你知道什麼、看見什麼，也不要告訴我。」白衣飄飄，在晚上似乎瑩瑩發光。就算在沙漠裡面追求著水而死，但至少死前看見了水的影像，而我正走在前往水的路上。

「娘天生就是個傻瓜，不像你們這麼聰明。但娘寧可當個知道自己在做什麼的傻瓜。就算會傷心會難過，明知道那是一條充滿荊棘的路，也想走過去。」

一陣風吹來，我忍不住打了個哆嗦。楚風環住我的肩，讓我靠在他的身邊。我抬頭朝他一笑，覺得這年頭果然生兒子比較好。

至少可以拿來擋風。

「這是你一生的苦難。人人都說，能力越大、責任越大。而你這一生大概就是要背負這種命運而活。」明明知道卻又不能說破，看著它發生而無能為力。

楚風垂下眸，握著我的肩的手略略一緊，顯然把我的話都聽得一清二楚。

「你只要鼓勵娘就好。娘不需要你的預言，也不需要你的能力。娘只需要你一句話，勝過千百句咒語。」我拍拍他放在腿上的手，把頭靠在他的肩上。深夜更涼，把披風拉過一半跟他一起蓋著。

世人對你的要求太多，為娘的對你就只有這個微薄的要求。

「娘會一直跟你在一起的。」一說出口，才覺得這種話很像遺言，但老太太我可完全沒打算去死。

楚風看著我，臉上有一絲莞爾。

「娘是我看過最堅強的女子。」

這是讚美，我很受用，果然是好兒子。

「又傻又聰明，又膽小又勇敢，極其矛盾。」

……這算褒還是貶？我皺起眉頭，想問個清楚。楚風卻靠過來，撥開我額頭散落的髮，印下淺淺的一吻。

「願娘一路平安。」

他看著我，眼神清澈。

聽說最簡單的咒語，不過就是把言語注入強大的意念，如果意念夠強大，那每一句說出的話都能成真。

「娘也是我聽過心中最吵雜的女子。」

「對娘親怎麼可以這麼不尊敬！」這句話我不苟同，嚷嚷起來，一拳軟綿綿捶在他的肩上，略施薄懲。

他看著我，好像直直看進我的靈魂深處，老太太我一下子雞皮疙瘩都起來。沒事不要用這種挖人祖宗十八代的表情看人好嗎？老太太我纖細敏感很容易害怕。

「娘。」他開口，欲言又止。

我很少看見他這樣子，不禁有點好奇。

「怎麼了?有話就說吧！」吞吞吐吐的不是男子漢大丈夫。

他看著我，眼中浮出笑意。

「我想還是算了。」

孩子總想保有一、兩個秘密，這時候殷切追問也不好，尤其是楚風這孩子，嘴閉得比楚明還緊，簡直就是一顆萬年大蚌殼。而且還是變成化石那種，怎樣也剝不開。

「娘，我不想當海鮮。」

「……」這孩子就是這點不可愛。

這番談話下來，不知不覺夜更深，可滿樹的杏花讓人捨不得離開，我往楚風懷中更縮了縮。

「不管如何，娘就是要去見爹嗎?」

安靜得幾乎聽不見。可老太太我怎會錯過兒子們說的話，他們可是我放在心上的人。於是我模模糊糊回應一句：「嗯。」

天邊微亮的時候，楚風搖醒我。我揉揉眼，覺得還沒睡夠就被人吵醒有些不悅；但楚風指著上頭的杏樹。我往上一看，睡意全無。

本來含苞待放的杏花全都開了，朵朵開得手掌大，花瓣乳白中帶著暈紅，美不勝收，但只有那一瞬間。當晨光照上來，極致的美一瞬間消散，點點白光從樹上落下。

從繁華極致到消散，只是一瞬間。

「我想給娘看的，其實就是這個。」楚風的話落下，少去夜晚那種縹緲不定，陽光落到他身上多了幾分真實感。

「我想爹一定也是這麼希望的。」

於是老太太我眼眶默默的紅了。

＊　＊　＊

因為跟楚風這孩子在樹下睡了一晚，習慣高床軟枕的老太太我睡眠品質不好，自早上起就補眠，楚翊這孩子又緊張得抖著嗓子直喊鬼醫莫名，只記得在昏沉沉中鬼醫莫名把了我的脈，什麼話也沒說就走了。

但鬼醫莫名沒說話就是好消息，於是我也很放心。

「夫人醒了。」香鈴忙不迭的走過來，把紫綢外衣披上我的肩膀。

「現在什麼時候了？」我瞇起眼，看看外頭的陽光。怎麼今天太陽打西邊出來？

「夫人都睡到下午了，剛好是用茶點的時候。看來夫人就算貪睡，對於吃點心的時間卻從不錯過。」

「當然，這可是我的長處。」我得意一笑，自己坐起來。

顯然香鈴已經吩咐過外頭的人，春桃立刻提著一個三層的食盒進來。雖然食盒是紅心實木做的，春桃卻跟拎個小首飾盒沒兩樣，老太太我不知它這麼沉，有次輕輕一拿，卻讓手腕扭傷半個月餘。

春桃打開第一層，小心翼翼捧出一個厚盅，掀開厚盅上沉重的蓋子，立刻有種淳厚的香氣撲鼻而來。

「夫人，這是魚燕甜糯米丸子湯。」

其實這道菜內沒有魚，只是把又軟又甜的糯米丸子做成魚的形狀，但要做的外型相像而且湯煮不爛就煞費工夫了。

至於為什麼要大費周章把圓的丸子做成魚的形狀？

很多俗人都說東西吃到肚子內不都一樣？

不不不，這就是纖細敏感的藝術家們與一般市井小民不同的地方。他們所追求的就是生活的質感。

有人說我們這樣是浪費人力資源兼浪費銀兩，但老太太我一直不知道銀兩是什麼，因為我平常都拿金豆子在灑，估計可能是某種吃的東西。

正好沒吃午膳肚子餓，三兩下把那碗丸子湯吃個精光。

「再來一碗。」

「好的，夫人。」

這邊我正吃得開心，紫砂屏那頭卻傳來問好聲。

「爺。」

這府內現在有兩個楚爺，一個是我丈夫，一個是我兒子，兩個人還長得一模一樣，但我自然不會錯認。

我很快的看了自己身上的穿著，海棠色的裙裳配上銀線雲紋腰帶，領口兩顆盤釦綴成海棠的形狀，很端莊合宜。

面對相公也不會失禮的裝扮。

「剛起床就吃這麼多甜湯？」楚瑜繞過屏風。

我嘴裡正含著一顆金魚丸子沒空叫他，含含糊糊應了聲，低頭繼續吃。

用不著使喚，一碗熱氣騰騰的甜湯就送到楚瑜面前。我這些丫鬟們個個心靈手巧、眼明手快，深得我心。

「爺請用。」

沒想到楚瑜把甜湯推開。

「我不愛吃甜的。」

春桃臉上有些訝異。她入府早，六年前已經在府內做丫鬟。

我瞥她一眼，沒有作聲。

「爺不喜歡便撤了。讓廚房做些鴨肉熱湯過來。」

這鴨肉熱湯沒有什麼特別，是以整隻鴨燉上一天一夜，煮出濃郁的高湯。要食用的時候再度將湯煮滾，放進鴨肉切片及蔥段，還有少許粉絲、木耳。雖是簡單的湯點，老太太我也很喜歡。

「聽說北蒼國那裡不產鴨肉。」說撤了，但我還是牢牢護著自己手上的甜湯，下午茶點就是要吃甜的。

「妳連這種事情都知道？」楚瑜有些驚訝，挑起一邊的眉，連習慣都跟楚明一模一樣。

「以前為了擴大楚家的事業版圖，我曾經想過要進軍北蒼國，以鴨肉料理作為賣點。畢竟商人的職責最簡單就是流通貨物有無，把哪裡沒有的東西帶過去。」我輕描淡寫。覺得肚子有點撐，我索性放下那半碗甜湯。

鴨肉熱湯送上來。我看楚瑜似乎有話要說，三言兩語打發走春桃她們去守門。房內只剩下我跟楚瑜。我靜靜的看他喝湯。動作很沉穩，每一個細節都像是我記憶中的模樣。

是楚瑜的樣子。

「瀅瀅，我打算今天晚上出發。」

我點點頭，不過心中有點懊悔他太晚說，這樣來不及叫廚師多做些點心塞在包袱內。人最重要的就是要吃東西。

「跟我走。」他看著我，目光柔得像是滴出水來。

我幾不可察的一嘆氣，伸手過去把他的臉推歪一邊。

「不要用這種表情說這種話，人老了容易情緒化。」

「我會跟你走。」應該說，我會跟楚瑜走。

於是晚上我收拾好細軟，扛起自己的小包袱——因為首飾和金豆子會占去空間也太重了，於是我把它們統統留在房內，只塞進今天廚子新做的點心，還有一些晚上沒吃完的鴨肉餃子。

到後門必須穿越花園，路上老太太我摔倒了不少次。

「唉唷！」摔到第四次的時候，我聽見一旁槐樹上傳來好幾聲嘆息。

「啊！」

「娘……」

「安靜！」

我狐疑的往樹上一瞧，什麼時候我楚府內的槐樹學會說話了，而且聽這聲音跟我家兒子們真像。果然日月精華吸收多了什麼東西都會成精，但看這槐樹枝幹豐茂、樹幹粗壯根大而凸起，就算變成人肯定也沒多好看。

看了半天才想起自己還有事情，連忙收拾起包袱往後門走去。上回臨時起意在自家迷路的事還記憶猶新，這回計畫性逃亡老太太我可是下足功夫，循著自己畫好的簡易地圖一下子就找到後門，打開門的當兒就看見楚瑜正在外面，牽著一匹灰色的馬兒等我。

他朝我伸出手。

「瀅瀅，過來吧！」

第七章

月光光，心慌慌，蟑螂滿地爬，稻草好淒涼，牢飯硬邦邦，好想見爹娘。

老太太我這輩子最吃驚的事情有兩件，一是我跟楚瑜訂婚時多的那六個大兒子，二是楚瑜的死訊，現在只好再加進第三個——吃牢飯。

監獄裡面窗子在兩人高的地方，只有一點點光線照得進來，四周的石頭牆冷冰冰的；聽說冬天地上只有稻草可以取暖。

牆上，不知道哪年被關進來的酸腐文人做了一首打油詩，老太太我唸了唸，覺得還挺順口，就不知道他是犯了什麼罪被關進這裡。不過，顯然他時間很多，這字是刻上去的，一筆一劃都很深。

沒錯，老太太我現在人就在監獄裡，而且據說是關重刑犯的天牢。

事情是這樣的，那天我和楚瑜兩個人手牽手活像是小情侶一同私奔，老太太我策馬奔騰時忙著回味青春，還沒回味到一半呢！樹林中就嘩啦嘩啦的衝出一堆御林軍，把我和楚瑜圍在中間。帶頭的那個隊長大喊了些什麼奉君上主意，捉拿兩名私逃出城的男女。

我還沒弄懂怎麼回事，就被人捉了帶走，太后的令牌那隊長連看都不看一眼就收走，我和楚瑜分開，被扔進這座天牢中。

「獄卒公子三號，幫我拿盤點心過來。」

但其實我覺得監獄沒有那麼難熬。偏過頭去喊了一聲，又轉過頭來繼續思考關於監獄的刻板印象。

雖然剛進來時裡面黑了點，的確讓老太太我有點害怕。獄卒公子們——那些獄卒公子因為人太多了，很難區分，我就編號獄卒一、二、三、四、五號——統統聚集在我的牢門前，眼巴巴的看著我，把老太太我當成稀有動物欣賞，張大的嘴巴口水流了一地，讓老太太我忍不住身子往裡頭縮縮。

當時剛坐下便覺得地板有些硬，我只是唉了聲，獄卒公子一號就眼巴巴拿來他的被子給我當坐墊。可惜上頭破個洞我不太開心。

接著獄卒公子二號立刻踹他一腳，拿來一條上頭繡花的被子鋪在地上。可惜那花樣繡得太俗豔，我忍不住嘆了一口氣，就看到獄卒公子一、三、四、五號一起掄起砂鍋大的拳頭痛揍獄卒公子二號。

看他被打得快要斷氣，我本著善良為懷的天性只好勉強接受那條被子。不過一條被子鋪在地上還是稍嫌有點冷，那條破洞的被子就順便墊在了下面。

地板堅硬的問題解決，下一個問題馬上就來。方才被御林軍捉起來之前我就吃光了我的點心，來不及補充就被扔進牢裡。我坐在被墊上唉聲嘆氣，獄卒公子二號又上前來關切。我正要開口，但想到點心忍不住悲從中來，掉了兩滴眼淚。

就聽到那頭一、三、四、五號獄卒公子大吼一聲「你這禽獸」，衝過來又是對獄卒公子二號一陣猛打，中間還夾雜著「不是我、我什麼都沒做」的慘叫，但其他人根本聽不進去。我看他被打得鼻青臉腫，猜測他的人緣應該不太好。

「夫人，您的甜餑餑酥。」獄卒公子三號端著點心上來，雖然簡陋，但還是有模有樣的盛在盤內。

我點點頭，接受他的奉獻。可一咬下去我就皺眉，蹙起眉頭把餑餑酥放回盤上。

「好冷……」這冷冰冰的怎麼吃？

他們面面相覷，趕忙又端下去。

「還需要什麼嗎？」獄卒公子四號笑著迎上來，滿臉討好。

我覺得獄卒公子四號那張臉有點討厭，拿起地上的一根稻草桿戳他臉頰推遠點。

「也沒什麼，只是有點冷。」就算有被墊，晚上還是有點冷……

「沒問題夫人，我馬上拿炭爐給您。」

沒一會兒，燒得溫暖的炭爐就被放到牢內。我看他們幾個在外頭冷得抱在一起發抖，不太理解他們幹嘛不去靠在炭爐旁邊。

「甜餑餑酥來了。」獄卒公子三號有張憨厚的圓臉，再次捧著小點心上前來。

我咬了一口。大概是用燭火烤的，外面是熱脆了沒錯，裡頭的內餡還是冷冰冰的；但又不好意思讓他失望，我只好順著外皮啃了一圈，把內餡都留下。

他們送上來的點心我吃著雖然不太合胃口，但看到這些獄卒公子為我冒著寒風深夜出去多次，心中也有些不忍心，勉強接受了。畢竟天下父母心，我自己也是有孩子的，也不忍心自己的孩子在寒風中奔波。

雖然他們不像我府上丫鬟們優秀，但知想辦法將食物加熱顯然是可造之才。不知道獄卒這份工作是不是終身俸，否則我真想挖角一下。

「夫人請喝熱茶。」

「沒有茶几怎麼放茶杯？」

於是本來在外頭的茶几被放進牢房內，變成我一人專屬。我看看茶几，上頭還有不少塗鴉，顯然獄卒跟囚犯無聊的程度差不多，還寫著某某愛某某的這種話，旁邊還畫上一顆破碎的心，顯然少男情懷總是詩。

「夫人請看書。」

我瞥過去一眼。這牢房內黑燈瞎火，就算老太太我沒有眼花也看不清。

「沒有桌子椅子燭火我看不了書。」

於是外頭的木桌木椅連同燭臺一起被搬進來。我坐上椅子，手才剛放上桌子就聽到嘎嘰嘎嘰的晃動聲。

「桌腳有點不平呢！」實在不是我愛抱怨，只是這樣怎麼看書。

獄卒公子三號立刻化身木工，蹲下去弄半天好不容易才讓桌子平衡。再起來時他已經是滿頭大汗。我不禁幾分讚嘆，大家都批評現在的年輕人是什麼軟水果一壓就爛，就我看來這些年輕人都很有禮貌、很有前途。

看書看到一半，被揍得很慘的獄卒公子二號拿著點心過來。點心竟然忘記放在盤子內，美觀程度先扣二十分！

「夫人請用冰糖葫蘆。」

我看了看，這冰糖葫蘆好吃的部分就是外頭的冰糖，在低溫下慢慢風乾，又薄又脆，特別好吃。

「我不喜歡不脆的冰糖葫蘆。正好外頭寒冷，你拿著到外頭站站好嗎？如果沒人看著，我怕等等凍過頭會很難咬。」

他張大嘴，看看外頭，又看看我。我不太懂他想表達什麼意思。但他還來不及開口，獄卒公子一、五號聯手把他扔了出去，不多時，我便聽到外頭傳來響亮的噴嚏聲。

而我很愜意的，吃點心看書，猜想古人說的居處簡陋而不改其樂，大概就是這個意思。我看監獄還挺好的，為什麼大家都那麼害怕進監獄呢？

於是我提筆在那首詩後面寫上：

心若靜，無處不是天堂。

寫完以後覺得太有哲理，洋洋自得好一會。

＊　＊　＊

老太太我的監獄歷險記只寫了一個開頭，下半夜就直接跳到尾聲。

人家說事不過三，我覺得不對，應該是有三就有四、有四就有五之類點點點以此類推，第四件沒料到的事情就是──

從重刑犯升格為逃跑的重刑犯。

我迷迷糊糊醒來，眼前出現兩個蒙著臉的黑衣人。戲本中常說一句話叫做什麼？化成灰也認得出來。況且眼前的兩人並沒有化成灰。我左看右瞧，怎麼看都像我家小翊和小殷。

「你們什麼時候幹起劫獄這種事情？」我皺眉看著他們。什麼時候你們做起這種夜班外快？今天要不是老太太我好死不死被關在裡面，恐怕會一直被你們蒙在鼓裡。

小殷拉起我。

「娘，我們不是劫獄好嗎？」

「那現在你們在做什麼？」我出張嘴嚷嚷，順著他的意思趴在蹲下的小翊背上。

小殷從懷中抽出一條柔韌的布條，把我綑得扎實。

小殷還沒有回答，外頭就傳來輕聲詢問。

「楚殷公子、楚翊公子，好了嗎？」

「咦？」我認出那是獄卒公子五號的聲音。

這年頭還流行內神通外鬼。原來小殷、小翊是得到他們的幫忙才這般無聲無息進來的。不過，偷雞摸狗行為實在不可取，老太太我趴在楚翊背上唏噓兩聲，內心掙扎著該怎麼教訓他們，但畢竟先被關在監獄的是我，好像沒有立場。

所以這件事告訴我們，為人父母千萬要以身作則，否則連跟兒子大聲點說話都不行。

「好。」楚殷低聲回應。

楚翊揹著我很快的出了天牢大門。獄卒公子一、二、三、四、五號站在外頭排成一排等候，見到我們出來，連忙奉上一個小小的包袱。

「這是太后的意思。東門已經打開，你們趁現在趕快出去。」

原來如此。

此時老太太我終於有些明白，原來從一開始鳳仙太后就是打這個主意。我大榮國一直跟北蒼國不交好，楚瑜又剛回來，如果我和楚瑜私逃出國被發現，會引起人民恐慌。於是索性騙了我，把我抓進牢裡面，再偷偷的把我放出來。

到時候她跟國君便對外放話說我們在天牢內。反正監獄內黑燈瞎火，沒有火眼金睛還真看不清楚裡面有誰。等到我們從北蒼國平安歸來，在編派個弄錯的藉口把我們放出來。

我不由得一嘆。果然薑是老的辣！鳳仙太后的手腕高超，不是我等愚民可以想到的。太后萬歲，萬歲，萬萬歲！

「謝謝。」小殷接過包袱。

正要離開，我眼尖的看到被打腫成包子的獄卒公子二號，忙喊了一聲。

「等等。」

這人其實不壞，只是長得猥瑣一點，既然是太后派來的人自然不會有異心，對於當時拿稻草戳人的態度老太太我心中感到幾分歉疚，伸手撫上他腫得跟包子一樣的臉，這手感還挺有嚼勁的樣子。

「真是不好意思。謝謝你們了。」

獄卒公子二號目瞪口呆，好半天才結結巴巴發出一個是。

小翊旋即輕輕的揹起我前進。楚殷跟在一旁。沒一會我又聽到後面傳來慘叫聲。

「渾蛋，你好幸運！」

「把你的左臉頰給我割下來！」

「不！你們不許碰，我一輩子都不要洗臉了。」

一輩子都不要洗臉？老太太我歪歪腦袋，幻想那油光滿面的情況，認真覺得這些獄卒應該要注意一下臉部清潔。

我們來到東門口，已經有輛馬車在此等候，樣式低調，看起來卻很寬敞。

楚翊放下我，把厚厚的布簾一掀，裡面的人轉過頭來，臉上有些緊繃，看見我又放鬆。是楚風這孩子，原來他在車上等。

「怎麼這麼慢？來，娘，喝點熱茶，那牢內飲食粗劣，肯定把妳餓著了，還有點心。」

車內很溫暖，點著一個小小的炭爐，雖然老太太我覺得天牢內的環境也沒有多差，但在厚軟的絲褥和美味點心的包圍下，這會兒就覺得是天堂與地獄的差距了。

我們在車上等了半盞茶的時間，我把一大盒的點心吃了泰半，加上之前獄卒公子們奉獻的小點，把我撐得不得了，直打飽嗝，靠在楚翊身上昏昏欲睡，誰問我話我只哼哼回答。

馬車外傳來兩聲輕叩。楚翊把車簾一挑，寒風灌了進來，讓老太太我醒了大半。

楚軍和楚明帶著楚瑜上車。本來車子內空間還夠大，但突然從三個男人增加為六個男人，再加上我一個，就顯得有點狹窄。楚翊牢牢把我護在懷裡，楚風靠著我坐在另一邊，楚瑜只能坐在離我最遠的另一端。

「楚瑜，你還好吧？他們有沒有毒打你？」我把楚瑜從頭到腳看了一遍，確定他似乎沒有受傷，這才舒了一口氣。

「我沒事。」楚瑜搖搖頭。肩上的片片雪花被他隨手拍去。

「可以出發了。」楚明朝前頭揚聲一喊，馬車立刻平穩的往前駛去。

「不過，你們怎麼……」我有點迷惑，怎麼我家兒子們統統聚集在這裡？

楚明嘆口氣，臉上有些莞爾的笑意。

「娘，就算夜裡要偷跑，技巧也要好一點，您在同一根樹根上絆倒四次，那聲響吵得府內的人都醒來一半了。」

「咳咳！娘不習慣這種宵小所為，只是……不想讓你們擔心……」

「娘偷偷出門，才讓人擔心。」楚風涼涼一句，讓老太太我一下覺得好冷好冷。

「那你們怎麼辦？等一下要回楚家嗎？」我看看他們。楚殷和楚翊就算了，楚明、楚軍、楚風都還有官職在身，總不可能跟我們一起出關吧？

「我告假了。」楚明淡淡一聲。

「我稱病了。」楚軍也淡淡一聲。

「我說最近我國氣運有損，必須閉關在家修煉。」楚風挑挑眉，看向自己的哥哥。「這樣還能繼續領俸祿，何樂而不為？」

這孩子！怎麼可以這麼做！老太太我心中痛得厲害，這簡直就是國家的米蟲，經濟的敗類，尸位素餐，讓國家走上滅亡之路……但是這作為為官之道，為娘的又忍不住想要稱讚他，不做事拿高薪是最高境界，忍不住在心中天人交戰。

楚風看向老太太我，嘴角泛起淡淡的微笑。老太太我正忙著思考這天人交戰的問題，只拋給他嚴肅的一眼。

「楚海呢？」

楚瑜的話把我驚醒。左看右瞧，我們家楚海呢？這麼一說他怎麼沒來？

「我們打架決定的。海哥打輸了，必須在家看家。楚府必須有人留守才行。」楚翊解釋著。

我看著他把拳頭收到袖子內，骨節上還有用力揍人留下的微紅。

看見我正盯著他，小翊朝我露出人畜無害的一笑。

「娘，您說對吧？」

對……老太太我忽然有幾分後悔，為什麼當初要以「生不如死」這句話作為這孩子的座右銘。啊啊！一失足成千古恨……

不過這段話的意思是……

「等等，你們要跟我們一起去？」我伸出手指比比他們，不知道指尖為什麼不由自主的左搖右晃。

楚明等人互看一眼。

「娘，我們很高興您注意到了。」最後老大代表發言。
「你們也要去？」
「對。」
「北蒼國？」
「對。」
「你們去幹嘛？」
這回由楚翊笑咪咪的回答，攬緊我一邊的手臂。
「娘去幹嘛，我們就去幹嘛，對吧！」
所以……現在是變成闔家旅行嗎？

第八章

憑著太后的指令，我們很輕易的出關。出到關外時剛好天微亮，已經有人在那邊等我們。對方扛著一個大藥箱，披頭散髮的。

「莫名？」我有些疑惑，他怎麼也來了。

「夫人。」鬼醫莫名點點頭，也上了馬車，本來就很擠的空間這下更擠了，因為莫名跟他那個大藥箱硬是占去兩人份的座位。

年都還沒到就急著圍爐。老太太我忍不住嘀咕兩聲。

「這一路上山遙水遠，如果娘有什麼問題，總不好沒有大夫，於是就請鬼醫隨行了。」楚明解釋著。

我癟癟嘴。這年頭就算出外遊玩都離不開苦藥。看著鬼醫就覺得接下來沒什麼好日子過。只是，馬車一直停在這裡是在等什麼？我左看右瞧，搞不太懂。

「等二哥回來就可以出發了。」楚翊看出我的疑惑，甜蜜蜜一笑，把我攬得更緊。我覺得這孩子實在可愛，摟著他在他頰上一吻，低下頭正好看見楚翊朝眾人拋出一個得意洋洋的目光，不知道這孩子在得意什麼。

「好了。」

楚軍說著，挑簾而入。清晨結霜特別冷，他連眉毛上都有微微的冰雪凍結。此時，他正扛著一個大包袱，我分明記得剛剛他下車的時候那包袱還小小的，一出去回來就腫成個胖子。

他放下包袱，雙手搓一搓，可能是太冷了，不住往手中呵氣。老太太我看了心中不忍。

「小軍，過來。過來娘這。娘這兒有炭爐。」

楚軍依言站起來。他本就生得高大，一站起來空間都狹窄了。其實我的意思本來是想把炭爐推過去給他，但想想又捨不得。沒了炭爐暖手，快要過冬了怎麼活。只好讓他坐過來炭爐分他一半……

「請讓一讓，小弟。」楚軍移到楚翊身邊，四平八穩的朝他開口，楚翊恨恨瞪他一眼。

老太太我忽然覺得空氣中有不尋常的氣息，好一會楚翊才慢吞吞的往後挪開半格，我看那位置小的只夠楚軍坐上半個屁股。

「小翊，你不過去點，你二哥怎麼坐呢？」我皺眉出聲，明明楚翊旁邊還有那麼大的空位。

「娘，我也不想離炭爐太遠啊！」楚翊咬咬唇，露出一副可憐兔子樣，雙眼水汪汪的。

「原來如此。沒想到你這孩子也這麼怕冷。」為娘的我竟然沒有發現，還聽說什麼練家子自有真氣護身不怕冷，顯然那些書中都亂寫一通，瞧我兩個武藝高強的兒子都這麼怕冷，沒炭爐不行。

「那怎麼辦？小軍你該坐哪裡？」我拉著自己身上氈絨的披風左看右瞧。這件披風雖然很厚暖，可惜有點沉重。

「不要緊，我跟娘一起坐就好。」楚軍聳聳肩的答道。

我還來不及問小軍兩個人要怎麼一起坐，楚軍就攬著我的腰一轉身，為娘的我就被安安穩穩的放到他了腿上，而他正坐著的是老太太我原本的位置。

「真是個聰明的好辦法。」老太太我還有手捧個炭爐，車內又不像剛才那麼狹窄，忍不住出聲讚美一下我這兒子。

「謝謝娘的稱讚。」楚軍嘴角微揚。

此時我發現，他一臉乾爽，眉毛上的霜雪不知何時全部消失，不禁有點懷疑自己剛剛眼花。摸他的手也熱呼呼的，不比炭爐冷上多少。

還是體溫越高的人越怕冷啊？

老太太我歪頭正思考著這個道理，楚軍大掌卻按了過來，五隻指頭輕點在我頰上，輕柔拍撫。

「楚軍！娘不是包子！」對這動作我深表不滿，出言抗議。

靠著的胸膛震動起來，顯然是楚軍在低笑。

「娘，睡會吧！我抱著妳，就用不著怕冷了。」

確實，被楚軍這孩子抱在懷裡，就很像泡在舒服的熱水澡中，全身舒暢。平時因為他總是穿著盔甲，靠著他時都覺得硬邦邦冷冰冰的，今天他穿著的是普通衣飾，貼著不由得就覺得一陣陣溫暖。

「娘才不怕冷，娘是擔心你……」我捧著手爐往內縮了縮身子，覺得楚軍懷裡比這手爐還暖上幾分，不自覺的越來越靠過去。

「啪！」

上方忽然有動靜。我迷糊的抬起頭，剛好見到楚軍伸手以接殺的方式攔阻下一個飛到他鼻梁前的點心。

怪了？點心怎麼吃到鼻梁上去？

「不好意思，二哥。我本想夾個點心給你，力道太大了點。」楚殷的話輕輕款款。

這孩子說話就是這麼溫柔文雅，聽了舒心。

是不是？就說我大榮楚家各個兄友弟恭。這年頭哪有弟弟還會幫哥哥夾點心的？

找遍整個花錦城也就只有我們這一家而已。

我蹭蹭楚軍胸口那塊布料，這回倒是很快的睡熟了。

＊　＊　＊

雖說出了關，但這一條路上仍有為數不少的村莊。

楚明他們弄來一條長長的面紗給我。那條面紗的長度，大概足以把我全身都裹起來。他們將面紗在我臉上纏了好幾纏，慎重的程度到臉上的任何一塊肌膚都露不出來，讓老太太我以為其實我們是打算要去搶劫錢莊。

「來。娘，吃點這個。」

「嚐嚐這條魚。」

「瀅瀅，這隻燒鵝腿做得不錯。」

吃飯的時候就是這麼回事，桌上的菜總會一樣樣剔刺去骨飛到老太太我面前放著的碟子內，因此我只能埋頭苦吃。可惜造山運動太快，我愚公移山很慢，碟子裡的菜總是還有一大半。

「夫人，各位公子，你們要不要聽首歌？」飯吃到一半時，有個綁著雙環髻的可愛女孩怯生生的走了過來。她上半身穿著綁腰上衣，下身穿著紮腳褲子，手裡捧著個三弦琴；看起來年紀還很小，不過十二、三歲。

不知怎麼著，她的臉頰一直是紅的。

大概是我的兒子們長得太俊美了。這點我能理解。現在肚子吃撐了，老太太我直打飽嗝，乾脆放下筷子。雖然山中野味別有風味，但太油太鹹，似乎這廚師隨著心情灑鹽加油，跟楚府中的廚子差遠了。

「娘要聽嗎？」楚殷轉頭詢問我。

「嗯……」平素老太太我是很愛聽戲聽歌的，但這會兒卻忍不住猶豫起來，捧著剛剛送上來的熱茶杯左思右想，上回那不知道是誰家女兒「繞梁三日」的好歌喉讓老太太我記憶猶新。

現在這個捧在手上的陶杯雖然看起來不怎麼樣，但是厚實溫暖不燙手，老太太我很喜歡，有點想跟店家商量看看是否可以買走一套。

要是現在又唱裂了怎麼辦？

「娘既不喜歡，妳走吧！」楚明淡淡開口。這孩子就算脫去一身官服也脫不掉一身官威，說什麼都是命令句。

那小姑娘一聽這句話眼中就水汪汪的，好像隨時要哭出來，捧著琴卻像腳生了根一樣，站在我們桌前不走。

「夫人……請您……請您發發慈悲吧……」說著，她哇的一聲哭出來。

我沒想到她說哭就哭，嚇得弄倒了杯子，正好灑到鬼醫莫名的袍子上，他反應很快的甩開茶水。我心中暗暗心喜，因為這杯茶裡頭剛剛才被鬼醫丟了好幾顆黑忽忽的藥丸，苦的要命，這下灑了，就有藉口不喝了。

「如果我沒有掙足銀兩回去，我爹娘會打罵我的……」

她哭得淚眼汪汪，我正灑了藥水得意洋洋，心情大好。

「嗯？既然這麼可憐，本夫人也不是不通情理，妳就唱吧！」

那女孩的臉上一下亮起來，拚命道謝後調弦唱起來。她的歌聲清亮，但技巧差強人意，唱的好像是當地一首採花還是摘菜歌……因為她屢屢唱到菜花這詞。

但歌唱到一半時老太太我就沒笑容了，因為鬼醫莫名又丟了一堆藥丸進茶內，然後推到我面前。杯子內的茶水黑忽忽的，還有漩渦在杯中翻滾。

「喝。」

「我剛剛喝了一半……」

「灑了沒看見。」鬼醫莫名說話聲如同以往一樣平靜。

這時候，那女孩的歌聲抖了一下。大概是要吊嗓子吊不上去。

「我分明就喝了一半。小翊！你也看見了對不對？」

「娘……我沒看見……」

「嗚嗚！你們欺負我，我要離家出走！」

「娘，我們現在就是離家出走了。」

楚明一句話，讓老太太我演不下去。

「楚瑜……」只好求救太上皇。

楚瑜伸手過來揉揉我的頭髮，看著我的眼波醉人，連語氣都柔得可以掐出水來。

「喝吧。瀅瀅。」

我捧著那杯茶，覺得淚流滿面，終於知道與天下人背道而馳的悲哀。

「夫人，妳要是再不喝，冷了藥效減半，我就只好再幫妳施針。」

鬼醫一句話，老太太我二話不說便捧起茶杯喝個精光，剛好那姑娘也終於唱一段落。

「打賞吧！楚明。」我咳了兩聲，覺得這藥不是人喝的。

現在我終於知道楚軍扛個大包袱是幹什麼的，原來他是把金豆子拿去換了一堆碎銀子。老太太我不太懂幹嘛增加行李負擔，反正我金豆子很好使啊？

只要跟店家多說一句不用找了而已。

那姑娘得了一塊碎銀，感動得淚眼朦朧，雙腿一彎就跪在地上。

「多謝夫人的大恩。」她握著我的手，語氣激動。「您心地這麼好，肯定會有好報。」

做了好事感覺真好。雖然銀子不是我給的，她唱歌的時候我也沒注意在聽，但老太太我還是忍不住感動了一下。

她千恩萬謝的走了，我們也就上車繼續趕路。

「娘，怎麼了？」見我捧著頭，楚軍立刻關懷的湊上來詢問。

「好像有點睏……」真的很睏，睏得好奇怪。難道吃太飽了人犯懶嗎？

「娘肯定是吃多了，要不然睡會？」楚翊的聲音從左側傳來。

現在我睏得連眼皮都張不開了，眼前迷迷濛濛的。

「等等！大哥，不太對勁，我也覺得有些睏！」

那是楚殷的聲音。車內好像起了一陣混亂。

「有人下藥。」鬼醫難得大聲說話，語氣是前所未有的急促。

「誰？在哪裡？飲食方面不可能有問題。」顯然楚明也有點昏沉了，因為我聽到他在說飲食這兩個字的時候講錯好幾次。

「楚軍公子！快點放開夫人！」最後鬼醫一句怒吼，我就什麼也聽不見了。

＊　＊　＊

醒來的時候身處在一間房內，看樣子竟然有幾分像是客棧內，身上蓋著毯子。老太太我迷迷濛濛爬起身來，想下床走動卻是動彈不得，左手腕和左腳踝似乎被什麼銬住了。我掀開被子一看，是被大約五呎長的鐵鍊鎖著，鎖鏈連到牆中。

楚明他們都到哪去了？

扯了幾下鐵鍊，徒勞無功，只發出響亮的鐵鍊撞擊聲，我只好低頭研究鎖孔，試圖找出一條生路。看這情形，顯然是我被綁架的機率高達九成九點七五，因為楚明他們斷然不會沒事拿條鍊子綁住我。

「妳醒了？」

我正擺弄那鎖擺弄得滿身大汗，恨自己以前怎麼不學學這宵小之道，冷不防就聽到有人在我後頭說話。老太太我嚇得轉過身，正好看到那女孩放一托盤的茶水到桌上。

對方很眼熟，好像在哪裡見過，卻沒有深刻的印象。老太太我偏頭使勁想了一下，卻怎樣也想不起來。

「想必妳已經知道自己的處境了吧？」

「啊？」

「嘖嘖，生得這一張臉，難怪把我師兄迷得神魂顛倒。」她走上前來，伸手在我臉上摸了一把，稚嫩的臉上卻有著世故的表情，很是矛盾。

「你們也太沒有防人之心。不，應該說他們太防備別人，卻對妳太放心。」她抿脣一笑。

老太太我還在回憶她到底是誰。

「把這彌封醉放在妳身上，讓妳自呼吸間散發，果然那些傢伙中得不知不覺。」

「啊！妳是剛剛那個唱歌的。」想了半天我終於想起來了，忍不住驚喜一喊。

女孩臉上抽搐了下。

「妳現在才想起來？」

「嘿嘿！對不起，妳長得有點沒特色……」

「妳說什麼！」

她怒聲一喊，老太太我往床內一縮。

「女孩子太凶會嫁不出去，嘖嘖嘖嘖……」

「妳再說！信不信我毒啞妳！」

其實這不能怪老太太我。老太太我一年聽的曲子沒有上千也有上百，每個唱歌的都是不同人，且每個人都抱著琴，這樣千篇一律的範本，我還真記不太清楚誰是誰；而且我剛剛忙著喝那杯藥茶，一直沒有好好看清楚她的樣子。

這才發現那女孩雙眼又大又圓，純真無辜。本來綰成兩團的髮髻放下，散下的髮有點自然捲，看上去有幾分小女人的風情。

「不過妳怎麼換穿衣服換得這麼快？難怪我認不出來。」她還換上一襲桃紅色的裙裝，顯然有打扮過。

「但是妳的胭脂塗太紅了。」我審視一遍，有些遺憾。這些小女孩在剛開始學會打扮自己時總以為把臉搽得越紅越好，殊不知這樣很像猴子屁股。

「什麼？真的嗎？」她立刻驚慌失措，從懷中掏出一枚銅鏡來檢視，但下一瞬間又將銅鏡憤怒的往地上一摔。

「我幹嘛這麼聽妳這隻狐狸精的話！妳把我師兄迷得神魂顛倒的，我沒把妳大卸八塊就不錯了！」

「妳師兄？」屢屢聽到這個詞，老太太我忍不住皺起眉，姑娘究竟妳口中的那位師兄是誰？回想起以前，在還沒跟楚瑜定親之前，三不五時就有哪家哪派的小師妹找上門來要跟我單挑，說我迷惑了她的師兄。天知道我什麼都沒做，只不過在路上聞朵花，那個腦子灌水的師兄就把花撿回家藏起來。我一直搞不懂為什麼有人會這麼做，難道他也喜歡那朵花嗎？喜歡花也有錯嗎？如果太過迷戀這樣的嗜好也不太好，那就要規勸師兄戒掉這種禁斷之戀啊，找老太太我做什麼？

但自從做了楚瑜的未婚妻之後，這種情況大幅銳減。大概是那些師妹踏不進楚府大門就被人轟了出去。

現在怎麼又來了一個師妹？

「妳師兄是誰？」

女孩憤怒的瞪大眼睛，我猜想她會不會連鼻孔也瞪大。

「妳還狡辯。我都看到了，妳把茶灑在他的袍子上，他竟然一點都不生氣！」

我灑茶在誰的袍子上來著？啊！人老了記憶力就不大好，但很幸運我這句話還沒問出口，那個害老太太我被綁架的始作俑者就自己找上門來了。

「夠了，琦妙。我就知道是妳。還要鬧到什麼時候？」

我跟那女孩雙雙看過去，只見到窗臺邊黑衣颯颯，臉上依舊波瀾不驚，那種姿態是我很熟悉的一個人，但我從沒想過會有一個戀慕他的小師妹找上門來。正確來說，應該是我沒想過有人會喜歡這種怪胎。

那個人是──鬼醫莫名。

第九章

傳說中鬼醫莫名，毒皇其妙，一人使藥一人使毒，無人能敵。

看看鬼醫那要死不活的樣子，大熱天還要穿件黑袍大掛，一年四季頭髮沒有梳好的一天。為了表示對他邋遢樣子的抗議，有年過節我送了他三百六十五支梳子，要他天天換著梳頭，但顯然毫無用處，因為鬼醫莫名依然故我。

於是老太太我得到一個結論，大抵醫藥狂人都是這樣不修邊幅，看著看著也習慣了。

沒猜想過毒皇其妙竟然是一名少女，而且還長得白淨清秀頗為正常，真是天下間無奇不有，如果不是我親眼看見，有人說這一臉無辜的女孩會下毒，打死老太太我也不信，但前提是必須打死我。

毒皇其妙癟癟嘴，臉上幾分委屈，眼睛晶晶亮亮的，忽然一撲向前：「師兄──」

鬼醫莫名立刻閃開，罔顧他人正站在窗臺上，此閃躲行為極有可能讓少女摔出窗外變成空中飛人。

「啊！」為表應景，老太太我驚叫了一下。

鬼醫莫名掃過我一眼，嘴角有些抽搐。

幸好少女自己了得，硬是在窗臺前面煞住腳，然後慢吞吞的回過半個身子來，不依的雙腳跺地，語氣忽然變得甜蜜蜜的，把老太太我活生生嚇出一層雞皮疙瘩。

「師兄～～這麼久不見，你怎麼對我這麼冷漠？」

鬼醫莫名顯然也抖了一抖。「琦妙，我並沒有對妳冷漠。」

「久別重逢，連讓我擁抱一下都不願意？」毒皇其妙用腳在地上畫圈，表情無辜。

老太太我幾乎能看見她無精打采的表情，忽然感覺有幾分熟悉，這種老是裝無辜賣乖的樣子，我家好像有誰也常用。

「如果不是一見面就想對我下毒，我會更高興。」鬼醫莫名伸手在鼻前一撢，我看見毒皇其妙低垂的眼睫一顫，再抬起來時臉上笑逐顏開。

「唉唷！師兄你在說什麼？我只是擔心師兄長年在富貴人家府中當大夫，這下藥使毒的功夫都生疏了，特地要來幫你練習，練習。」

隨著第二句練習落下，毒皇閃電出手，一個揮袖就灑出一大片鮮豔的孔雀綠的粉末。莫名也隨即動手。褐色的細粉跟綠色的粉末碰在一起，乍然發出一種好聞的氣味。

「不愧是師兄，竟然借力使力，化毒成藥。但還沒完呢！看招！」

一下子房內打得風生水起，如火如荼。老太太我是很想這麼說啦！但是使毒之人的戰鬥實在是有點無聊，就是一個拚命灑毒藥、一個拚命解毒藥。

灑毒的方法千奇百怪，鬼醫莫名卻能招招化解。此時我才稍稍了解，原來我府中大夫果然不是徒有虛名。

「果然……師兄……呼呼……身手一點也沒退步……」打過一輪，毒皇臉上因為激烈運動而泛出紅暈。

我轉頭看向莫名，他卻是臉不紅、氣不喘。我忽然有點理解為什麼他家師父要讓這女孩當毒皇……要是使藥之人沒比使毒之人還要高明，這天下中毒之人大概都無可救藥。

「鬧夠了吧。」莫名的語氣仍然平平。

「見面禮是夠了，但還有一件事情。」毒皇走向我。

我正縮在床內看戲，冷不防一隻臂膀被她捉住拖了出來。

「啊！你們打你們的，又不關我的事情。」老太太我也太倒楣，綁架幹嘛綁路人。

毒皇鼓起臉頰嘟起嘴，腳下站出三七步。我對她的禮儀態度搖頭嘆息，一點都不優雅，哪裡會有男人愛？

「師兄你答應要娶我的，怎麼可以又跟別的狐狸精勾搭不清呢？」

勾搭不清？莫名跟誰啊？我環顧了房內，只看到鬼醫莫名、毒皇其妙，以及一個無辜的肉票老太太我。

「我沒有答應要娶妳！」莫名冷冷一句回答。

「哪沒有！你在師父墳前明明說過！」

「那是因為妳拿著一瓶蝕心液站在師父老人家的屍骨前威脅我，要是我不從，就要把師父老人家挫骨揚灰片甲不存。」

這是標準的「得不到就殺死你」的激烈愛情表現方式嗎？老太太我柔弱的咳了兩聲，他們兩人可以繼續吵他們的舊帳，但能不能先把我放開？

「不管。你就是答應了。你要娶我。」

顯然，沒人理我，我一條臂膀還是吊在人家手中。

「強摘的瓜不甜，勉強來的婚姻也不會愉快，我並不想耽誤妳的人生。」

「只要師兄是我丈夫，我的人生就一點也不耽誤，我會很快樂的。」

「好，那妳不要來耽誤我的人生。」

聽到毒皇其妙這一番話，顯然鬼醫莫名不耐煩了起來。

我估計他前面說的都是場面話，依照他的性子，這句才是他的心裡話。

毒皇半張嘴，大顆大顆的眼淚滾落，嗚噎哭泣。

「你這個負心人，大壞蛋，可惡透了……騙了人家的心又不負責。」

「我從頭到尾都沒有騙過妳，是妳自己拚命糾纏。」

我看她哭得可憐，忍不住安慰她兩句：「天涯何處無芳草，何必單戀一枝花，而且這草也不是很好……」誰想跟鬼醫莫名這種陰陽怪氣的傢伙在一起？這就跟住在陰沉的山洞內一樣，人生都是黑白的。這少女大概是一下子被鬼遮眼才會喜歡這種傢伙。

「是妳，都是妳害的！」

沒想到下一刻矛頭就指到我頭上來。

「如果不是妳把師兄迷住了，師兄怎麼會對我不理不睬？哦？師兄！如果你不跟我成親，我就殺了這個狐狸精。」

軟的不行直接來硬的是吧？

「這又不關我的事情！我沒有迷住妳的師兄。要殺要剮也要選對對象啊！」我還有六個兒子、一個丈夫等我回去，死在別的情人口角中多無辜啊！

「而且負心的人是他，妳幹嘛不找他算帳卻要連累我！」

「閉嘴狐狸精！」

「我不是狐狸精！我是人！我是人！」靈長類跟走獸請分清楚好嗎？

「長得如此樣貌還說不是狐狸精？」

「我長得怎樣了？兩個眼睛一個鼻子還配上嘴巴，難道這些妳沒有嗎？」平時老太太我脾氣是很好的，可是今天實在是太無辜了，不僅多喝了半杯苦得要命的藥茶，現在手腳還被人銬住了，更牽扯進他人的感情風波，就算是聖人都想發脾氣。

「咳！」鬼醫莫名清清喉嚨，可惜沒人理他。

「妳瞧瞧妳這眼，看起來就是要勾引男人。」

「勾引什麼男人！我都有六個兒子了！」

「什麼？那六個是妳兒子？」她嚇得不輕，手下一鬆。

「不然妳以為呢？就算我保養良好，可是已經有六個兒子了。」所以妳該知道，我跟妳師兄是不可能的……這句話還沒說出口，毒皇就忿然轉頭。

「她帶著六個拖油瓶你也要？你到底有多愛她？」

「就算有那六個也不構成問題。」

「什麼？我非殺了妳不可！」

她手一掐，我手上就浮現鮮麗的掌印，紅腫發熱。

為什麼情人吵架不互相殺害要殘殺第三者？而且我還不算是第三者，只是無辜的路人甲。

「其實我不太介意妳動手，因為她跟我沒什麼關係，充其量只是我的病人。」莫名聳肩，靠在牆邊。「但是我要先提醒妳，如果妳真的動手，我怕我也救不了妳。」

「什麼？」毒皇不解。

與此同時，地板震動起來。

連梁柱都在震動，軟弱的像是隨時可以折碎的稻草。然後就在我們面前，土石砌成的牆好像被洪水撞開，四碎散落，不是牆上出現一個洞，而是整面牆倒塌毀了，我看見外頭掌櫃的躲在櫃檯後面瑟瑟發抖。

幾顆金豆子嘩啦嘩啦的落在櫃檯上。

「這幾顆金豆子，賠償你們店裡的損失。」

那掌櫃的慌忙伸手去撿。我看有個小二想要偷偷撿起一顆金豆子，卻被掌櫃的發現，給了他來一記昇龍拳。

順著拿金豆子的手往上，很熟悉的臉出現在櫃檯前；而倒塌的牆面灰塵漫飛中，也出現了我再熟悉不過的身影——楚軍、楚翊站在那兒。

兩人的表情如出一轍，好像打算把某人撕成碎片再扔到海裡餵魚般憤怒，此時竟然看得出是有幾分相像的兄弟。我不知道小翊也有這麼恐怖的表情，瞪大眼懷疑自己老花。

楚軍的視線往房內一轉，落在我身上。

「找到了，在這裡。」

捉著老太太我的毒皇轉過頭去，一臉訝異：「這……這些人是怎麼回事？」

「沒什麼，只是一群千里尋母的兒子，妳放心好了。」莫名竟然涼涼說了一句，話語中有幾分黑色幽默。

我第一次聽見他這樣幽默，不由得瞥了他一眼。

「放開我娘。」楚軍開口道。

果然不愧是名震四方的將軍，一開口就有讓人丟盔棄甲的衝動。

「你娘？」毒皇看看楚軍，又看看我。

我見她看向我，下意識的送上一抹微笑。

「妳有六個兒子？還可以保養成這樣？」她不可思議的喃喃自語。

「當然。」因為每一個都不是我生的，當然可以保養成這樣。

「這實在太值得研究了。」毒皇眼眸閃閃發亮，期待的表情像是在考慮從哪裡下刀最好。

「什麼？妳不會想要解剖我吧？」我是人！我是人，我不是狐狸精！

「妳聽不懂我的話嗎？」楚軍往前一步，腳邊的落石隨著他腳步都彈跳起來，清水南華劍則垂在身側。

有兒救母多感動，老太太我正準備淚流滿面撲過去來個親子團圓，毒皇的指尖卻抵在我的頸間，搔刮得刺癢。

「站住，如果你再往前一步，別怪我手下無情。」

她撢一撢指，幾許鮮紅如血的粉末落下，原來竟是把毒藏在指甲縫間。

「這蛤蟆紅碰觸到不要緊，但只要我一戳破她的頸間，毒隨血入，劇毒無比，立刻就會七竅流血而死。」

老太太我本來想抗議兩句這樣很癢，聽到這些話就一動也不敢動。要是不小心指甲往內戳了一點怎麼辦？

「琦妙，妳不要太過分了。」這回連鬼醫都正色起來，語氣低了幾分。

「既然這女人對你們這麼重要，嘖！我是笨蛋才會放開她。」

楚軍又往前了一步。楚翊一把拉住他，微微搖頭。

「若是妳放下我們娘馬上離開，我答應可以不追究。」楚明走上來，表情平淡，但我卻從他眼中看出壓抑的憤怒。

「唷——我好怕。身為天下一絕的毒皇，就算我奈何不了師兄，你以為你們可以對付得了我嗎？」毒皇嗤了一聲，捉著我往上一提。

我這才發現，鎖鍊不知何時已被解開。

老太太我只好淚眼汪汪看著自己又與心愛的兒子分離。這是哪齣苦情女主角的戲碼？老太太我長得像狐狸精也能當女主角嗎？我看那些戲曲中的女主角，各個的長相要清秀甜美，個性要吃苦耐勞，遇到痛苦絕不反抗往肚內吞，最好還要保持天真爛漫的性格才能吸引男主角。老太太我何德何能啊！

我們穿破窗口，躍上屋頂。

屋頂上的風有點強，很難站穩。我們剛落下，楚軍和楚翊也同時追上。

「站住！要是再追過來，別怪我下手無情。」毒皇站在較高的頂端，朝下面喊話。

老太太我看離地那麼高，嚇得腿軟跪坐。

楚翊想動，卻被楚軍阻止。

「她在上風處。」

使毒之人雖有練武，但多為防身，遇到真正高手還是必須謹慎以對，那麼地利就是最重要的一環，顯然這少女毒皇有算計過，要是有人追來必須在哪裡加以反擊。

前三步後三步都必須想好，使毒之人才能活得長久。這樣一想，我就覺得這女孩真了不起，自己要是生個女兒也該學她一樣聰明。

毒皇冷哼一聲，帶著幾許訕笑：「看來你們沒有搞懂我是誰。不過你們能這麼早醒來我很訝異，照理說我下的藥量足以讓你們昏迷三天三夜。哼！誰要是再敢追來，她命就不保。」

她這麼說的同時，我覺得腰間一緊，突然像輕飄飄的羽毛飛離她的箝制。

「什麼？」

「請住手，否則妳的喉嚨會先被割破。」

語氣很涼，白衣飄飄，好似仙人，是小風。原來他站在另一邊的頂峰。

楚殷從他的身後走出來，五指一伸，乍看之下什麼都沒有，但在他一收一放之間，少女毒皇的雙腕雙腳立刻同時被扯開吊起。

我這才發現，有無數根細得肉眼幾乎看不見的天蠶絲從一旁的樹上穿出來。

牽一髮而動全身，小殷只是在那邊動動手指扯線，這頭的人就像木偶一樣被扯起來。

「妳沒事吧？瀅瀅？」我抬頭看去，正好對上楚瑜的眼，看出他的擔憂。

「沒事，我活蹦亂跳好得很。」

可能聽了我的形容想到那場景，楚瑜忍不住微微一笑，摟著我往樹枝上輕踩改變施力方向，款款落在楚風他們身邊。

「娘，您沒事吧？」楚殷不忘分神關切，對那頭的少女叫囂全然不理。顯然這孩子在繡閣待久了，對於針線活很是熟練。

「我很好。」我看看他，又看看小風，心中覺得欣慰無比。

「竟然敢動娘的腦筋，直接殺了她，以絕後患。」楚軍晃晃手中的劍，筆直向毒皇前進。少女越是掙扎，絲線就越陷進肉裡，她的表情有些痛苦。

「我不反對。」楚翊臉上沒有笑意，聳聳肩退開，大有請便之意。

我慌忙搶上前，站在邊緣對楚軍大叫。

「請住手！」

咦？我的嗓音什麼時候變得這麼低沉有力，像個男人一樣，還陰森森的。我狐疑的摸摸自己嗓子，難道我也有變聲期嗎？

「瀅瀅，那不是妳喊的。」見我摸半天得不出結論，楚瑜好心的替我解開謎底。

我疑惑的看向他，他朝我一扯脣角，伸出一指比向前方。

有抹黑色的身影擋在楚軍和毒皇面前，我釋然一笑：「原來是莫名說的。幹嘛不早說，害人家嚇得心都怦怦跳。」

那頭楚軍不在意我們這兒發生什麼事情，只是沉著臉面對眼前的人。

「讓開。」

「請大將軍高抬貴手。」鬼醫莫名語氣平平，一點也不像在求人。

他剛剛雙手環胸在旁看戲看很久，我還以為他對他的小師妹沒有什麼感情，原來是這麼有情有義。

「師兄……你果然還是愛我的……」後頭的人淚眼汪汪，顯然被這種英雄救美的行為感動。

「她是師父唯一的血脈。如果她死了，師父就會絕後。要死，至少也要等到她有了孩子，那時候任憑將軍處置。」

楚軍默然不語瞪著莫名，氣氛當場凝固。

第十章

楚軍沉默半晌，才收劍入鞘，語氣毫無起伏。

「既然鬼醫先生這麼說，那配種後再死。」

配種後再死？配種後再死？

我被自己口水嗆著，想咳又咳不出來滿臉通紅。這是我家那個腦袋過度正直完全不懂轉彎的二兒子說的話嗎？娘可不記得有教他這種旁門左道。

後頭響起拔高八度的慘叫。

「什麼？師兄！我不要！」

鬼醫莫名往後瞟瞟，又把眼轉回來。「我這兒有幫助女子受孕的藥，還有對身體無害的溫和春藥，保證可以讓師妹很快的為師父傳宗接代。」

「好，那就從路上抓不錯的男人過來吧！」楚翊說著，把指節折得啪啪響。

「不要！師兄！我不要！」後頭的少女已經哭得眼紅。

莫名走上前，很和善的拍拍自己師妹的臉頰。

「放心吧，第一次難免疼一下。」

這句話就讓老太太我百思不解，指著那頭詢問楚瑜：「什麼意思？第一次難免疼一下？」

「瀅瀅，妳想要知道為什麼？」

「當然。」求知若渴是好學生。

「那麼……」

楚瑜眼中閃過一絲神秘。忽然有一陣勁風往他的方向直逼而來，他迅速一推把我推開兩步，自己也往後一閃。

「噹！」清水南華劍直直釘入方才楚瑜站的地方。

「娘！我又射歪了，真是抱歉。」

這孩子！一天是要射歪幾次飛劍啊？

＊　＊　＊

「你們快放開我！做這種事情一定會遭天譴，上天會懲罰你們的！」毒皇琦妙被五花大綁架在客棧的床上，只能像條毛毛蟲一樣蠕動。

「真奇怪，我記得師妹是無神論者，不相信世上有報應這一回事。」

莫名很自在的坐在床邊喝茶，顯然不把她的抗拒看在眼裡。

「嗚嗚！神一定會看見你欺凌弱女子……」

「以妳一個月奪走人命的數量，把妳當成弱女子的人還真是瞎了眼。」

「你這卑鄙小人！還不快把我的毒藥還來！」

「不行，我好不容易才收拾乾淨。妳這一身都是毒的小丫頭，要是毒死了妳未來孩子的爹不能傳宗接代，我怎麼對師父交代？」

因為擔心他們師兄妹的相處情況，我從窗口穿透一個洞往內偷看，就聽到這麼一段對話。原來毒皇其妙不叫其妙，本名琦妙，琦這個字倒是好聽，是一種美玉，可惜本人卻是個無毒不歡的少女。

「師兄你你你……對我做出那種事……竟然不對我負責？」

「醫者父母心，對我來說妳與一團肉無異。妳會對廚房鍋灶上的一塊豬肉有著負責的心情嗎？」

「可是你把人家摸光光……」

「那是因為妳全身上下都是毒。」

「人家不管，人家不管啦！」說到最後，乾脆，雙腿一蹬，像個孩子一樣嚎啕大哭起來。

「師妹用不著擔心，師兄會幫妳找個溫柔的好男人，不會讓妳太疼。」

「人家不要！人家不要！人家除了師兄誰都不要！」

看她哭得好不淒慘可憐，老太太我忍不住推門而入。

「莫名，住手吧！沒聽見這孩子說不要嗎？」

莫名顯然對我的行為一點也不訝異，慢吞吞的抬起頭。

「夫人，此乃我們師兄妹門內事，妳身為外人不好插手吧？」

「路見不平，拔刀相助，本夫人不能讓你欺凌弱女子。」看她哭得好淒慘好可憐，就覺得剛剛她其實也沒多壞……

毒皇扭動身子，瞪著我憤怒的吼叫。

「誰要妳幫忙！臭狐狸精。」

「我臭嗎？我不臭啊？」不過這些天舟車勞頓，雖然有每天洗澡卻沒有花瓣可以灑在洗澡水上，說不定真有些臭。我懷疑的嗅嗅自己的袖子，透著夜茉莉的芬芳。

「我只是想要完成師父的遺願。夫人不用擔心，師妹她絕對不會有事情，不過是跟別的男人睡個幾晚。」

「哦哦！」原來只是睡一下。那怎麼會疼呢？我猜第一次總會疼這句話的意思是第一次跟別人睡，睡相難免不好，互踢彼此造成隔天全身痠痛。

「我不要我不要我不要！」床上的少女又開始哭天搶地。

被她這麼一哭我又有些不忍心。雖然我有六個兒子，就沒半個女兒，陽盛陰衰，在一路上有個可愛的女孩陪伴多好。

「不然我來替她跟別人睡好了。」我跟小翊一起睡過那麼多次，想必睡相應該不錯，不會把人踢下床。

毒皇的眼淚一下從臉上完全消失，張大嘴看著我。我覺得她這表情有點粗俗，很好心的幫她把下巴往上抬，把嘴巴闔上。

「師兄，你愛的是個傻瓜？」

「就某方面來說她是個傻瓜，但我並不愛傻瓜。」莫名聳肩。

他們兩人說的話我每個字都聽得懂，拼起來卻都聽不懂。

「她不是生了六個兒子嗎？」她狐疑的發問，眼睛不住往我臉上細瞧。

「那六個沒半個是她生的。不過話說回來，要是她真的生了什麼，就算生個包子，那六個傢伙也會殺光天底下所有做包子的師父。」

毒皇嘖嘖稱奇，恍然大悟。

「哦——原來是這種關係。」

「什麼關係？」我問著，但沒人理我。

「但妳也老大不小，我必須為師父的血脈著想。」

「我只想生師兄的孩子。」

其實我可以體會她的心情，要是我，我也只想生楚瑜的孩子。

「自己不想成親，少拿我當擋箭牌，師父聽到妳的藉口都會從黃泉底下跳起來。」

她眼睛滴溜溜一轉，很快回嘴：「哪有？師兄都不相信人家的真心。」

「我是不相信。妳小時候還會叉腰站在沐浴桶邊看著我大笑，那種囂張的模樣到現在還烙在我腦海裡。」

「喔呵呵！那是因為有點……我看書上畫的都很大。」

「我那是正常尺寸，書商是為了要賣錢才會誇大其詞。」

什麼小，什麼大，什麼又是正常尺寸？我看看莫名，又看看琦妙，覺得這兩人講話也夠莫名其妙的。

感覺自己被忽略了，我連忙插進一句話：「對對，我也覺得尺寸正常一點比較好。」

雖然不知道是什麼，但東西太大太小都不好吧？

他們兩人同時瞪過來。莫名伸手按住額深深嘆氣，琦妙送來一記妳是笨蛋的眼神。我被瞪得好無辜，不由自主眼前水汪汪。

「我也希望自己只生楚瑜的孩子啊！你就別勉強她了吧……」

莫名看著我，挑高一邊眉，突然很好心的指著門口對我微笑。我不明所以的看過去，正好見到楚瑜……不對，那是楚明，鐵青著臉站在那裡。

他勾起一笑，那笑容卻僵硬得可怕。

「娘，妳……過來一下好嗎？」

＊　＊　＊

「楚明，你走慢點，娘的手都被你捏疼了。」

楚明這孩子今天有點陰陽怪氣的，老太太我懷疑他是不是修煉了某種密教神功，最近有點走火入魔，神智不清。

他不睬我，只是拉著我上了客棧頂樓，沒有半個人，清風吹來格外清爽，清爽的讓人發冷，畢竟接近冬天，這客棧四周又開闊，沒有半點遮蔽物。

「娘。」

他抓著我的雙肩，逼我跟他面對面。看著他那張跟楚瑜極端相似的臉，我下意識又想把頭別開。楚明看出來我的退縮，深深嘆氣。

「我知道娘不喜歡我。」

這句話讓我詫異萬分，瞠大眼看向他。

「我很擔心娘，妳知道嗎?.當醒來發現娘不見了，我幾乎要瘋了，即使身為一家之主，我卻始終沒辦法好好保護妳，像爹那樣保護妳。」

他自嘲的一笑，伸手往臉上摸一把。

「我只有這張臉皮像爹對吧？其他沒有一個地方比得上他，所以娘才始終不願意正眼看我。」

我抿脣，心中升起無比的罪惡感。

的確，我有意無意、大意小意或刻意的忽略這孩子，因為他長得跟楚瑜太像，看著他就會想到楚瑜，讓我這麼多年來始終無法坦然面對。

「娘從來不覺得你比不上你爹。」我弱弱說著。

雖然說當年楚瑜開疆闢土，為大榮王朝打下了安定的基礎，可是你這麼多年來兢兢業業，一路扶持新王走到現在這個地步，且年紀輕輕就擔當起一家之主，讓自己下面的弟弟各司其事，方有我楚家這一番榮景。

各國都來挖角他前去位居丞相，他都一一拒絕。

想到這裡心中忍不住有些歉疚。這孩子感情內斂，我也就以為他不在意，沒想到他只是把這種心情往心裡放。

「抱歉，楚明，娘只是……很抱歉……」我懊惱的一嘆，終於抬頭看他。

楚明真的長得跟楚瑜非常像，不只是外貌，包括那份氣質，完全遺傳乃父，可是比起楚瑜，他多了一份剛強。楚瑜是八面玲瓏的人，楚明則有屬於自己的威嚴霸氣。

不敢看他的原因，老太太我也說不清楚，也許是每次看他的時候心中都會微微一動。雖然說心不跳就死蹺蹺，但這種動法又跟心跳有點不一樣。

「娘不需要抱歉。如果娘真的不想看見我，只要說一聲，楚明自己知道，以後會避開。」

什麼避開？我往前一撲，抱住他的腰；成天穿著官服坐著批閱公文，沒想到他的腰沒有軟綿綿的贅肉，頗好抱的。

「娘沒有那個意思。娘很抱歉以前一直忽略你。這一次讓你擔心了。」想必我突然消失，把這孩子嚇得不輕。楚瑜當年死亡的時候就屬他年紀最大，那種痛想必深刻烙在心裡，心中對我這後娘的抗拒也最多，我一直是知道的。

這樣害怕失去的孩子，我怎麼忍心多年來一直忽略他？

「娘總是告訴我，一家之主要堅強。」他幽幽說著，語氣不知是不是抱怨。「所以我總是不說，其實每次看到弟弟們圍繞在娘身邊，總覺得好妒嫉。」

這句話一瞬間讓老太太我淚流滿面。

聽聽！這是什麼貼心的話？全世界的娘親聽到這句話大概都會心軟的跟泥巴一樣，直想奔跑花錦城三圈大喊我愛吾兒。

「對不起……對不起，楚明，娘真的很對不起你。」

平時他凶巴巴訓娘親的事情我都忘個精光了。這孩子只是外表逞強，其實內心還是很需要娘的。

「娘總是對小弟比較好……」

「沒有！娘也很愛你！」我說著，啾啾啾在他臉上親了好幾下以示決心。

「娘總是喜歡摟著四弟……」

哦！那是因為小殷身上特別香，但此時此刻感動過度，我也毫不吝嗇的投在楚明懷中。他身上有著淡淡的書卷氣，可能長年待在書房內，抹滅不掉。

楚明輕淺一笑。

老太太我心中暗嘆，果然是個孩子，被娘抱一抱就這麼開心。

他伸手摟過我坐在一旁的涼椅上，姿態很閒適，一指捲起我落在胸前的髮玩弄。我不知怎麼忽然想起家中書房有本叫作《帝王術》的書，據說軟硬兼施便可統治有術，就可讓人服服貼貼。但旋即又把這想法推翻掉。這孩子總不會連自己的娘都用上政治招數，肯定是我想得太多。

「娘剛才說，只想生爹的孩子？」

咳！原來他聽見了。老太太我有點尷尬的柔柔一推，表示女孩子的矜持。

「那我跟爹長得一模一樣，娘生我的孩子好不好？」

我瞪著他，僵硬如石三秒鐘。

「呵——當然是開玩笑，瞧娘嚇的。」他笑起來，笑意卻沒有到達眼底。

我乾笑兩聲，卻想起楚瑜也是這種習慣。每次他說謊的時候就笑，可是那種笑是皮笑肉不笑。

這對父子應該不至於連習慣都一樣吧？

「等我們從北蒼國回來，娘想做什麼呢？」楚明把下巴擱在我頭頂上，突然問起這句話。

我正覺得靜謐舒適，沒想到他忽然有此一問。

「沒做什麼，還是跟以前一樣啊！」吃吃飯喝喝茶灑灑金豆子看戲聽曲，不然呢？

「我倒不希望跟以前一樣。」

這話是什麼意思？我聽不懂。反正這兒子也有一半是高人，說的話是謎上加謎。聽說搞政治的就是要這樣，說得話中有話，讓人摸不著猜不透才能統領百官。

我瞇起眼，側偏下頭，看著楚明低垂下來的臉，想起以前也常常這樣窩在楚瑜懷中。

「你知道我以前住的地方，很多東西在天空飛。」

「是鳥嗎？」

「我也記不太清楚，好像是一種鳥，可是鳥上面有很多人。」

「所以人在天空飛？」

「對！」

「瀅瀅，妳來自一個不可思議的國度。」

「不對，我們那裡還真有本書，寫一個女孩掉進不可思議的國度，那裡兔子會說話……」

是楚瑜帶我離開那片混亂，重新找到自己的定位，又給了我家人，楚家成為我最大的依靠，但——

「其實我不知道。」

我怕我愛的其實不是楚家，只是楚瑜一個。這一趟旅程我有想要追尋的答案，我想知道他會給我什麼答案。

我們談話間，有幾片細白如粉的東西飄落。

「下雪了。」我伸手，有點訝異，難怪今天早上的氣溫特別低。

「聽說雪花是六角型的。」楚明伸手，把一片雪撈在袖子上。我們仔細盯著瞧，可惜這個雪花缺了一角。

下頭響起小孩子的尖叫歡呼，似乎這是這裡今年第一場雪。

「雪感覺把一切都洗乾淨了。」我說著，覺得美得不可思議，不管看幾年雪景，總覺得初雪最美，也許最美的原因是因為最新鮮興奮，後頭的寒冬凍得人只想躲在房內窩在炭爐旁邊咒罵冬天怎不快點過去。

「然後讓一切再重新開始，是嗎？瀅瀅。」

我本想糾正楚明不可如此沒大沒小直呼娘的閨名，撇頭看過去卻一下恍惚，因為雪落在他肩頭的當兒，黑髮如墨，真的像極了當年的楚瑜，即便我已經有了現在的楚瑜，卻還是不由自主的心動。

於是，我也忘了糾正他。反正一次，下不為例吧！

第十一章

接下來到的地方，是老太太我最最、最最最喜歡的地方。

商路很長，其中有個城鎮叫作於呼克灣。它位於山坳之中，兩旁高聳而起的岩壁，只有幾株松柏類的植物奮力攀爬其上。整個城鎮從上方看下去呈現一個三角形。這裡是一個不起眼的小鎮，卻因為商路通過，因此有無數珍寶古物在這裡聚集。

「來來，請看這邊。姑娘，這是南華國來的瓷器，觸手冰涼，是難得的珍品。」

「烏日國的珍品，這枚軟花琉璃拉絲手環絕對難得。」

「古萬里大盤！絕對珍品！」

這裡龍蛇混雜，沒有上萬也有上千的珍品，以前我跟楚瑜來這裡遊玩過一次，大概老太太我喜歡骨董珍玩的興趣就是從那個時候培養起來。

「走走走！小殷，我們衝啊！」我捉起小殷的一條臂膀就往前衝，小殷被我的力道拉得顛簸了下，伸手過來把我捉回他身側。

「娘！妳克制一點。別引起騷動。」

我對小殷的行為表示不滿的努一努嘴，但還是乖乖壓抑下雀躍的心情。

這裡是商隊必經之地，想在這城鎮裡買什麼東西都有，但也因為此處龍蛇混雜，要更加小心。加上這裡是各國勢力不達的三不管地帶，一個人憑空消失不是怪事，上回來遊玩時楚瑜只差沒把我綁在腰帶上前進。

我往後一瞄，正好看見琦妙親親熱熱的捧過一杯茶放在莫名身邊。不知道他們後來怎麼解決尺寸的問題。反正現在一行人中就多了一個毒皇，短短一週不到的路程，平均每天會有三個人來尋仇，楚軍總冷著臉把那些人全都打飛。

「來！師兄！請喝茶。」

莫名抬頭看那杯茶一眼，又低頭繼續看手上的藥書。

「我不渴。」

「什麼話！師兄看了一早上的書，肯定是渴了。來，不要客氣。」

「我真的不渴。」

「唉唷！師兄你是在跟我客氣什麼？快喝吧！」

莫名又看了一眼杯中，冷冷一笑。

「妳放太多了。」

「什麼？」

「毒粉放太多，都沉澱在杯底了。」

其實我對這對師兄妹感情好不好是霧裡看花。毒皇其妙本名叫做琦妙，兩個人似乎從小一起長大。醫毒同源，一開始都是一起學習，直到出師前他們那師父用射飛鏢決定兩人的出路，兩人才各朝醫藥毒物前去專精。

照前面發生的事情來看，這小師妹似乎是因為誤會我跟莫名是一對才來尋仇，但如果是這樣，那現在要怎麼解釋她三不五時要毒死自己師兄的行為?難道人家說打是情、罵是愛，換在毒藥中人心中卻是毒是情、毒死你才是愛?

好可怕的愛情。我不由自主的渾身發冷，往小殷身上縮縮。

「娘?怎麼了?」

我看著這兒子俯下的臉龐，忽然語重心長的告誡：「小殷啊!以後絕對不能學他們那樣，得不到就殺死人家是很可惡的……」

說著，我的視線被一旁的一個琉璃杯吸引。它被放在一群破爛玩意中，光舔過杯緣時閃爍著七彩的光芒。

「我找到放糖球的杯子了。」

小海送我的糖球，我老是找不到一個好的容器來搭配。

我喜孜孜的一揚手就捧起來。

小殷聳聳肩，扔過一錠碎銀。

身為兒子，幫娘付帳是天經地義。

接著我又連連買下五個吃點心的碟子，一個拿來架銅鏡的架子。

一堆人跟我推銷珠寶盒，可惜這東西老太太我有很多，所以沒有什麼興趣。

「你們就讓她這樣隨便走隨便買？」琦妙沒毒死鬼醫，索性趕上來看我們在做什麼，見到我懷裡兜的東西，一臉不可思議。

「這市場內良莠不齊，雖然有稀世珍寶，但是假貨更多，妳甚至連殺價都不懂，是來這裡當肥羊嗎？」

我聽了就不開心，這可是我精挑細選出來的。

「我挑的都是美麗的東西，我一眼就看見了。」

「就算是你們的娘，這樣讓她隨便浪費，你們有金山銀山都會被挖空。」琦妙看小殷付得大方，忍不住唸了兩句。

小殷挑了挑眉，付錢。

小殷付錢的動作是所有兄弟中最好看的，他絕對不會直接把錢拿出來，而是把錢放進一個香嘖嘖的錦囊內，食指往下按著，輕巧往人家手中一擱。

有時我覺得自己是為了看小殷付帳的模樣才會多買東西。

「既然是娘挑的東西，我不想占人家便宜。」

琦妙往我買的一堆東西內看一眼，臉色有些古怪。

「妳是內行人？」

「嗄？」我茫然，什麼是內行？

琦妙伸手拿起我戰利品中的其中兩樣，一個是黑檀木的盒子，盒子上鑲著銀製以及象牙雕刻的裝飾品，小小巧巧的我很喜歡，打算買回去送給春桃她們；另一個是一只盤子上面畫些什麼太抽象的圖案我不太懂，但看了就讓人舒服。

拿過後她仔細的從頭看到尾，又是湊近看，又是舉起透過日光看，我正懷疑她是不是下一刻要舔一舔再泡一泡牛奶時，琦妙終於放下，瞪著我的表情好像我是地表滅絕生物。

「鼓山眉雕，河圖畫盤？妳是怎麼在一群假貨中找到的？」

「什麼雕什麼圖？」我聽得一頭霧水，老人家理解力有點差，可以白話一點嗎？

「夫人，這個茶杯是古龍王朝流傳的精品，現在只要五十個金豆子！」

「山水大師閔子騫的大作，仕女圖！」

可能我買得爽快，攤販全都靠上來，拚命的兜售。

「不要不要，我要自己挑！」我左推一個右推一個，非常忙碌。

小殷一手拉著我，一手排開圍上來的小販，朝著琦妙說道：「我們家中只有我略懂古董珍玩，但論到挑東西的眼光，我遠遠不及我娘。」

「什麼意思?但她根本什麼都不懂，就連鼓山眉雕都沒聽過，她是怎麼挑出那些東西的?」

「這個，南山青瓷的壺，三十個金豆子!絕對珍品，買到賺到！」

有人朝我晃過一個壺，我一看到就叫嚷起來，蹦跳著要去抓那壺，偏偏那人拿得高高的，我怎麼也搆不著。

「小殷!我要那個，我要那個！」

有隻長手一伸，替我把壺拿過來。

「瀅瀅，別弄傷自己了。」

楚瑜朝我微笑，把壺放在我手中。

剛才一眼我就看見它碧玉中上著大量紅的釉色。

「妳還真是喜歡這壺。」他把我摟抱起，我不得不放開小殷的手。

「姑娘！三十個金豆子！三十個金豆子！」那個售壺的小販朝我大吼。

因為人潮洶湧小殷擠不過去，下一刻我就看見一包沉甸甸的錦囊打在小販臉上，兩行鮮紅就從鼻下直接下來。

我連忙護好懷中的壺，舒了口氣。再抬頭看楚瑜，從他眼中映出自己的樣貌，不知道自己是不是還跟當年一樣，或者老了很多。

「都是你教的。」

楚瑜但笑不語。

「這一切都是你教給我的。」

當年來到這個市集，楚瑜是大師，他所挑出的每一樣東西都讓眾人趨之若鶩，可能自小的薰陶和天生的眼力，私下認識他的人都喊他是天眼通。

「瀅瀅？這麼晚還不睡，妳在做什麼？」

「我想要學習分辨好壞，總不能讓人以為你的未婚妻什麼都不行。」

可惜我看著眼前的一堆玩意兒，怎麼也無法一眼就看出哪個真哪個假，忍不住沮喪的把下巴放到縮起的膝蓋上。

楚瑜笑了一聲，坐下來把我摟在懷裡。

「瀅瀅，只有世人才看東西的價值。當妳只用金錢或者真假這麼俗濫的眼光去審視這些物品，它們不會告訴妳任何事情。」

「它們會說話嗎？」我聽著，似懂非懂。

「它們當然會說話。妳知道什麼是古物嗎？其實就是以前人使用過的東西。這些被使用過的東西，因為被人珍惜，所以能在淵遠流長的時間中保存下來，這份心意被浸染進了這些物品之上，它們自然就美麗。」

我半張嘴，不是很懂。

楚瑜墨黑的眼中閃過笑意，傾身吻過我的唇角。

「妳的眼睛很美。妳所需要的就是做妳自己，挑出自己覺得美麗的東西。」

「當妳只用金錢或者真假這麼俗濫的眼光去審視這些物品，它們不會告訴妳任何事情。」

我喃喃說著，好像當年的情形，可是現在說這句話的卻是我自己。

隔天，楚瑜又帶我到市集上。當我挑出第一個自己真正喜歡的東西時，楚瑜二話不說立即買下。

「做得好。」

到現在我仍然不知道那個碟子是真是假、價值多少，但楚瑜只告訴我——

「當妳真心喜愛一樣東西，就不會在乎它究竟值多少價值。價值，其實只是約定俗成的一種眼光。妳有自己的眼光、自己的想法，就算妳只是喜歡天上的雲彩，那對妳而言就是有價值，都會特別的美麗。」

我看看那只碟子，又看看楚瑜，抬手緊緊抱住他的脖頸。

「楚瑜，對我來說你也是一樣。不管別人怎麼說你，怎麼說我，我只是喜歡你而已。」

楚瑜淡笑，呼吸拂過我的頰邊。

「我也是，瀅瀅。我也是。」

我看著自己手上的壺。抬眼，被楚瑜抱著正好與他平視而視。

「你連這些也忘了嗎？楚瑜。」

楚瑜抿脣，似乎想說什麼，眼中閃爍過一抹異芒，旋即而逝。

他偏過頭，清風吹過他的髮，我可以窺見他線條優美的頸側，可是這回我沒有抱上去，沒有像那時候緊緊摟住他。

遠遠的，小殷的聲音傳來。

「娘不懂，但就是因為她不懂，反而更不受世俗的價值束縛，即使有成千上萬的真假貨混在一起，只要是讓她挑選喜歡的東西，她選中的那一樣一定是真貨，而這件事情——」他抿脣，若有似無的輕笑一聲。「我從來沒有懷疑過。」

＊　＊　＊

「不好意思，今天小店的房間都滿了，只剩下三間上房，要不各位客官擠一擠？」

「我是女孩子，自然是跟夫人一起睡。」琦妙立刻親熱的挽起我的手。

我有點緊張她又要下毒，渾身僵硬。每次這孩子要對莫名下毒時，臉上都是這種笑容。

「我反對。」意外的，楚軍竟然是第一個反對的。楚軍在楚府中總是沉默寡言，沒想到離開家似乎變得比較勇於發言。

「今天我又清除了五個刺客。妳跟娘在一起，只會給娘找麻煩。」

「什麼話！那些人我根本都不認識。」

「他們口口聲聲找妳尋仇，妳還說不認識？」

「我只認識我毒死的那個人，我哪裡認識被我毒死的人他的爹娘三叔公四姨婆的名字。」琦妙不甘示弱的回嘴，絲毫不被楚軍的氣勢壓倒。

楚軍瞥了她一眼，把視線轉向楚明。

「大哥，我不贊成這女人跟我們一起上路。」

他還沒說完，琦妙就嚷嚷起來：「誰想跟你一起上路！我是喜歡夫人，以及我心愛的師兄在這裡，否則你留我我都不屑。」

喜歡我？老太太我指著自己的鼻尖，很懷疑她口中的夫人另有其人。

下一刻琦妙就證實我的猜測，她換上一臉甜蜜蜜的笑容，拉著我的右手猛晃。

「對不對，夫人？妳也覺得有個女孩在一起比較愉快吧？不然跟這些臭男人在一起，很多女兒家的事情都沒人可以聊。」

「臭？我兒子們不會臭啊！他們都很香……不信妳去聞聞小殷。」

「不然我跟娘睡……」小翊靠在我的左邊朝我微笑。

「小弟今日犯忌，最好不要跟娘睡。」楚風彈彈手指，仙風道骨的模樣。

「我覺得應該要把這女人趕走！」

「我沒意見。」莫名持中立票，雙手環胸站在一旁，毫無同門師兄妹之情。

「琦妙，妳聞聞，小殷很香啊！妳怎麼會說他臭呢？」

「娘！不要隨便拉著我給來路不明的女人聞好嗎？」

「誰是來路不明的女人？你這傢伙說話小心點，小心我毒死你！」

「小弟最好小心，奸巧之輩最容易有報應。」

「五哥，看不出來你也挺毒舌的！」

楚明清清喉嚨，沒人理他，於是他又清清喉嚨，還是沒人理他。

「瀅瀅。」

一句呼喚讓我動作全面停擺，隨著我的動作靜止，所有人都停下談話，往發話者看過去。楚瑜帶著莫可奈何的微笑站在原地。

「我們站在這裡吵鬧，好像攔阻到客棧的生意。」

楚瑜一聲提醒，這才發現周圍圍了兩、三百人，其中有不少妙齡少女，看著我家兒子們拚命拿手絹擦嘴。

掌櫃的終於有出場機會，陪笑的站在一旁搓著手。

「不介意、不介意，小的絕對不介意您多站會……但你們決定好了嗎？」

楚瑜看向我，無聲的詢問。

我輕輕一嘆。

面對這種目光，我始終沒辦法抗拒。眼角再一瞥，見到楚風滿臉不贊同，就知道這孩子又偷聽別人心裡話。我弱弱一咳，決定說句公道話解決紛爭。

「咳！我是這麼覺得，我跟楚瑜是夫妻，那麼夫妻同房，天經地義是吧？」

第十二章

這一路上楚瑜都很安靜，安靜到讓人忘了他的存在。

有時候老太太我還會不小心忘記這趟旅程的目的，其實是要到北蒼國去，危險重重，現在一路遊山玩水，我倒有幾分在度假的愜意。

楚瑜坐在窗前，一腿屈起姿態閒散。窗外剛好一輪滿月，下過雪的地一片銀白，特別耀眼。

他低著頭，若有所思。

「妨礙妳欣賞月色了？」他抬頭，我正好兩手握成拳擱在下巴坐在桌前，身上還披著件厚氈披風，往他那方向瞧。

「我沒有在欣賞月色。」

我搖搖頭，夜吟但覺月光寒。冬天的月光太清冷，太寂寞，我從來都不喜歡看。

「我在看你。」

楚瑜淺淺一笑。「我有什麼好看的？」

「很好看，比月光還好看。」楚瑜，是怎麼樣都好看。

楚瑜又笑，但那笑容漸漸消散。只是看著我，好像從來沒見過我一樣。我從他的眼中看見自己的倒影，不錯，長得跟當年差不多，顯然沒老多少。

「瀅瀅，妳有多愛我？」

這個問題我倒是沒有想過，一下子把我難倒了。但身為六個兒子的娘，沒有什麼問題能難倒我，我只考慮了三十秒，一臉正經的回答：「所有人都不及楚瑜一個。」

他扯開一笑，是開心的，卻又有點苦澀。

「我看妳跟孩子們相處得很好，也許妳更愛他們。」

「這什麼話？」我眨眨眼，捧起茶水潤喉。「因為他們是你的孩子，我不打算揹上一個後母虐待前妻子女的罵名。況且他們都是好孩子。」

「其實他們跟妳的年齡比我更為相近，妳就不曾對他們動心嗎？」

我歪歪頭，覺得楚瑜這句問話得很古怪。這世上哪有娘親不愛自己的兒子？就算我是愛我的兒子，但也絕不是男女之情。雖然我小事迷糊，但這種大事情我可分得清楚。我沒回答，只是朝楚瑜努努嘴，表示我不贊同他的話。

「是嗎？」楚瑜淡淡一笑，忽然把視線看往窗外。

我懷疑他的這個習慣完全遺傳到小風身上，他以前也是動不動就望月，讓老太太我嚇得不輕。

門外忽然響起輕叩聲。我應了聲將門打開，原來是這間客棧的小二。我挺喜歡他們的打扮。整間店內三個小二都收拾得乾乾淨淨，褐色布衣和墨綠的腰帶，顯然是統一的制服。年紀不過十五上下，手腳勤快。

「這是夫人剛剛吩咐的。」他端進一個托盤，上頭放著一個厚實的木碗，蓋子蓋得密實，一點熱氣都不散失。

「謝謝。」我只有金豆子，只好拿這個打賞。

那小二不可思議的看看自己手心的金豆子，又看看我，最後將金豆子放到耳邊晃一晃，只差沒放到嘴裡咬一咬。

「那不是真的豆子……」我怕他把金豆子吃掉，連忙出聲提醒。這孩子大概以為金豆子是某種稀有品種的豆子，可能想拿來當點心。

那孩子愣了愣，這才抬頭仔細看我。在房內我早已除下面紗，他倏的瞪大眼，不可置信。對於這種目光，老太太我頗習慣，畢竟平常人看見狐狸精都是這樣的反應。

「多謝……多謝夫人……」

他結結巴巴的連聲道謝，一臉很想跪下來親吻我的腳背，我嚇得縮腳入裙內，搞不懂他明明是個正職小二，行為卻跟我平時施捨的乞丐一樣。

「那是什麼？」楚瑜轉過頭來問道。

他的話把我的注意力吸引過去。

我沒回答，只是抬手掀開碗蓋。

水氣讓上蓋和碗身密合得極好。木碗雖然沉重，卻因為厚實而讓裡頭的溫度絲毫不散失。打開蓋子，氤氳的熱氣冒上來，顯然是剛起鍋就送來。清澈的湯裡飄著片薄的肉片和辛香料，鴨肉的香味瀰漫在房內。

「剛剛在路上看見有人在賣鴨子，我看那毛色又白又亮，應該不錯，於是讓僕人買了兩隻，進房前就吩咐廚房替我們處理了。」我拿勺子撈了撈，大部分的鴨肉精華都已煮進湯裡；片薄的鴨肉是事先處理起來，最後才放進湯裡燙熟，有點黃酒的香氣。

「上回在府裡見你吃廚子做的鴨肉湯，我想你是愛吃的。這一路上你都沒吃什麼，鴨肉溫補，你多少吃一點。」我將碗往前推了推。雖然老太太我年紀大了，可還沒老眼昏花，相公的狀況還是看得出來的。

楚瑜眼中閃過一絲動容。他坐到桌邊，卻沉默的盯著碗內。

我拿起勺子，一調羹的湯放到脣邊吹吹後喝下。燉好的鴨肉湯，滋味鮮美不在話下，雖然不比府中的廚子，但也算料理得細心，沒有腥羶味。

「你瞧，我沒事。」我揚脣朝他一笑。

楚瑜的臉色卻轉為凝重，他伸手握住我拿著調羹的手。難得見他露出這種嚴肅表情，我連忙也正色起來。

「妳……」他欲言又止。

我覺得手被握得有點緊。動了動，卻掙脫不開。

「還是你不想喝我用過的調羹？」我想來想去，只有這個原因。聽說有些人有潔癖，絕對不碰別人碰過的餐具。

「我讓小二再替你送一只上來。」我想拉回手腕卻掙脫不開，從一開始的意思意思推拒兩下，變成後來貨真價實的拉拔。有句話不是說把吃奶的力氣都用上?估計這會兒我把我在娘胎肚子內翻滾的力氣都用上了，可惜手腕還是分毫不動。

「你這樣捉著我，我實在沒辦法去叫小二。」老太太我無奈，只好放棄這念頭，望入楚瑜灼灼的目光。

「妳知道吧？」

「什麼？」就算猜謎也要有頭有尾，這樣太難了。

「妳應該從一開始就知道的。」

到底是知道什麼，這變成本世紀最難的謎題，就算有六個兒子的娘也會被難倒。

楚瑜目光閃爍，我看見他的頸項間喉結微微滾動。

「我……」

我摀上他的嘴，認真看著他。

「別說了，我都了解。」了解要是再讓楚瑜這樣結結巴巴的說下去，在猜出謎底之前老太太我就會先斷氣。

「妳真的知道？」

「嗯。」其實還是不知道，只知道這樣磨蹭下去湯都要冷了。

他緩緩鬆開我的手，我發現被他握住的地方有一圈紅痕，一邊嘟嘟囔囔、一邊摩娑紅痕，希望能趕快恢復。

「那妳為何……」

這種猜謎的說法還要持續多久？我鼓起腮幫子。不想喝湯就直說，幹嘛這麼多推託之詞。

「你不喝嗎？湯要涼了。」我一指點上他的唇。

楚瑜的唇有點涼，大概是在窗邊坐久了，現在想想他剛剛握著我的手掌也很冷，果然在北蒼國住久了，連人的體溫都特別低。

他低垂眉眼沉默著，而我仍然拚命在猜想那個答案。最後只聽見自己的聲音萬分鎮定。

「湯會冷，趁熱喝吧！」

楚瑜看著我，終於露出笑容。

此時門外又傳來叩門聲。

「誰？」

「娘，是我。」

哦，是小殷。

「怎麼了小殷？」

我拉開門，楚殷笑盈盈的站在外頭。不愧是花錦城最佳衣著品味的小殷，來到這種邊境之地倒也配合的卸下貴公子風範，領口微微鬆開，腰帶也不似平時嚴謹的綁好，有幾分不羈的味道。

「今晚月色很好，想與娘促膝談心。」

＊　＊　＊

「來，娘，喝茶。」

「喔！謝謝。」我拿過茶杯，是楚明遞來的。

「娘，說床前故事給我聽。」楚翊窩在床邊，睜著眼一臉祈求。

「小翊，娘告訴你多少次，男兒當自強，要學著長大，你現在還小，娘可以原諒你，但往後絕對不可以再這個樣子了……」

「娘，妳覺得下一季春衣的設計這個版型好，還是那個版型好？」

「我覺得都好……」

「這房間屬地，偏陰，娘晚上睡覺要當心。不過別擔心，有我在就不會有流魂靠近。」

幾刻前房間裡還只有我跟楚瑜，在你知道我知道的謎題上打轉，幾刻後我的房間熱鬧滾滾。不知道怎麼搞的，今晚我的兒子們都特別需要我，另外兩間上房閒置不用。

事情是這樣的。從楚殷進來以後，我又迎來了楚翊。小翊紅著一雙眼，表示他認床睡不著，要來跟我說說睡前話，我可憐這孩子，抱抱他讓他進門，關門前門縫中插進一腳，原來是楚軍。

虎背熊腰，高大的身材往門框一站就滿了。

「我想要跟娘討論一下事情。」

我丈二金剛摸不著頭腦，就聽楚軍開始跟我聊起古代軍制。當我聽得有些昏昏欲睡，這時候楚明也來了，他說在找楚軍。可是從進我房內以後他就開始喝茶，我只好讓小二添了一壺又一壺，那小二最後直接把爐子和燒水的壺都搬進房內，才結束爬樓梯酷刑。

還在想差個楚風，門上就又來叩門聲。楚風素衣站在門外，表示他要研究星象，我這房間看得特別清楚。既然理由這麼充足，身為娘的我也沒資格反對。但他進房以後只在窗前晃一圈——我估計他只看到月光的影子——也跟著開始喝茶。

人越來越多，老太太我因為沒有位置坐，只好坐在床邊。還在思考為什麼情況會變成這樣，鬼醫莫名就來敲門了。

「夫人，我想喝杯茶。」

「你房內沒有嗎？」我挑眉，疑惑的問道。

「有，鶴頂紅蛤蟆毒碎心花，每杯都致命。」

我咳了兩聲，覺得莫名也怪可憐的，就讓他進來喝茶。

他一來，琦妙就跟著來，笑嘻嘻的說這兒陽盛陰衰，她來旺旺陰氣，我聽了有些不贊同，在我心中我家楚風應該是屬陰，可是乍然又想起楚風聽得見我心中所想，便有些作賊心虛的看向楚風，楚風正挑眉看著我。

「娘覺得我是女的？要不要風兒給娘講些好聽的床前故事？」

無聲的脣語，卻讓為娘的淚流三千尺。娘錯了！娘錯了！我只好不吭聲把琦妙迎進來。一下子房內熱鬧滾滾，好比圍爐一樣。

「小海一個人在家一定很寂寞吧！」我突然想起楚海，這孩子功夫也不算弱，但為什麼每次兄弟群架他都第一個被打倒在地，上回在擂臺上好像也是這樣。

楚翊笑咪咪的靠過來，握著我的手特別溫暖。

「娘想多了，其實四哥是自願留下才放水的，否則我們哪能輕易獲勝？」

「是這樣嗎？」我詢問楚明他們。只見他們有致一同的點頭。我突然有種荒謬的想法，如果這五個兒子這麼團結，小海他是不是被他們五個人揍倒在地無法反抗？

但我家兒子們兄友弟恭，哪會有這種事情？肯定是我想多了。

這種熱鬧的氣氛很好，但維持到深夜就不好了。老太太我連打了七、八個呵欠，卻見到眼前一票人沒有半個要離開，再看著楚瑜一直坐在窗邊吹冷風，我有些不忍。

「咳咳！」

我咳兩聲，本來在交談的楚明和楚軍立刻轉過頭來盯著我。在床上好像昏昏欲睡，一直要求我跟他一起睡覺的楚翊也跳了起來。

「娘？」

「娘那兒不舒服？」

我皺眉，覺得這房間擠進這麼多人實在太狹窄，我們每個人需要有自己的空間，人與人之間必須要保持距離才舒服，這是一種社會現象的理論，老太太我身為大城市的人自然需要更多空間……簡單而言就是要他們統統回房去睡覺！

「娘有話要說。」

「我懷孕了。」

眾人瞪大眼，我也跟著瞪大眼，嗓音跟我好像，是我說的嗎？老太太我很懷疑的把視線移到腹部，一片平坦，難道我只跟楚瑜相處這幾個時辰就有孕了？但我自己怎麼不知道？

「真的？」又有人說話，是名男子的聲音。

「傻瓜，這種事能說笑嗎？」

我們齊把視線投向東邊的牆，這會兒我能確定不是我說的。

「你要當爹了。」

哦？隔壁有人要當爹了，恭喜恭喜！

「啊哈哈哈！我要當爹了。如願，啊哈哈，我要當爹了。」接著夾雜一串狂喜的笑聲。

我估計這人的笑穴被重重一戳，否則怎能發出這種笑聲來，笑得快要斷氣一樣。

「這是喜事。既然在我們隔壁，是不是應該去道喜一下？」這也是一種緣分；但最重要的是，我想看看這女子長得什麼樣子，怎麼聲音跟老太太我這麼相似，差點把我嚇著。

楚明和楚軍表示他們忙著商討不去。楚風看起來正在吸收天地精氣，不好打擾他。楚瑜倒是下了窗臺。我把一隻手挽入他伸出的臂彎中，楚翊立刻不甘示弱的挽住我另一隻胳膊。楚殷閒閒沒事也跟著來。

就在隔壁房，走出門走兩步就到了，裡頭還在大笑。

「哈哈！如願，我們有兒子了！」

「阿吉，你把我轉得都暈了！」

聽到這段對話，我猜測應該是像戲臺上男主把女主抱起來轉圈那段。我總疑惑他們轉那麼久頭都不暈嗎？

我伸手敲敲門。

「是誰？」男人的笑聲停下，語氣有些疑惑。

「你好，我是隔壁房的。」

楚瑜代替我回答，嗓音清亮悅耳，我聽得很開心，朝他甜甜一笑。

門咿呀一聲被拉開，探出一張男子的臉來，我立刻以手絹摀住嘴。實在不能怪我，我從沒見過有人的臉是長方形的，完全正正方方，我立刻想拿把尺量量每個角度是不是都九十度。一臉憨厚老實人的長相。

「你們是……咦？」他視線落到我身上，一臉錯愕。

我不明所以。

「阿吉，是誰？」裡頭的女子也來到房門。

一見到那女子的臉，我立刻嘖嘖兩聲。女子見我也像見到鬼一樣，表情呆滯。

那女子，竟然跟我長得有六、七分相像。

第十三章

「原來是隔壁的房友，剛才吵到你們，真是抱歉。因為我實在太開心了，才會如此失態。」

男子為我們倒上茶，落坐在我們對面。

原來他們是一對夫妻，男的叫做阿吉，女的叫做如願，不過這相貌上的差距可真是讓我大開眼界。以前好像聽過一部戲叫什麼美女與野獸來著，正好符合眼前的情況。

不是說這男的長得有多難看，而是跟那豔光四射的女人一比，就覺得黯然失色許多。但顯然他很懂禮貌，從進房之後微笑不斷。

「我們結婚三年多，如願終於有孕。」

「抱歉方才吵到各位。」

那女子嬌滴滴的道歉，可我看她的眼珠子卻直往楚瑜他們三人身上打轉。

突然，楚瑜捏住我的下巴逼我跟他面對面。

「不要緊。只是瀅瀅想來親自道賀，我們總拗不過她。」

我估計可能是我臉上有個黑點什麼的，楚瑜正打算找出來幫我擦拭掉，所以我也就這麼讓他捏著。

「聽說夫人懷孕了。這是我們的賀禮。」楚殷遞上一只香囊，裡頭是一串珍珠手鍊，懷孕的婦女也能配戴。

「多謝這位公子。」

那女子拿起香囊，語氣非常溫柔的道謝，然後轉身拉著男子的手撒嬌，那語氣把老太太我的骨頭都炸酥了。果然年輕女孩就是有本事裝嗲。像我有六個兒子，老臉皮還真做不來這些事情。

「相公，既然這些公子這麼好心，不如請他們來我們家坐坐？」

公子?我瞧瞧他們三人。那我又算什麼?那條珍珠手鍊本來是我的耶!

「不用了,我們還有事情。」楚翊立刻拒絕,難得一臉正經。

我一臉欣慰的看著小翊,果然吾家有兒初長成。這孩子方才還膩著我要我陪他睡,瞧他現在表現的多大方得體。

「很近的,各位只須來喝杯茶。」阿吉笑笑。他的態度殷勤,實在讓人很難拒絕。

「會來住客棧也是因為家中前陣子整修,明日就修好了。其實我家距離這裡不過一條街,各位可以來喝杯茶。」

一直被那女子忽略,老太太我略有不滿,可是她相公始終和善的對我微笑,那笑容讓人一見就喜歡。大概是他看我的目光跟其他男人不一樣,總覺得讓人安心。

「不如我們就去喝杯茶吧!」我拉拉楚瑜的袖子,軟聲要求。

他朝我莫可奈何的一笑。

「全聽妳的。」

＊　＊　＊

「來，各位請進，這邊是我們的住處。」

原來這阿吉還頗有身分地位。原本看他一身粗布打扮，以為只是個普通工人，沒想到他竟然是當地一家大族的管家。果然是人不可貌相，還以為他連七七四十九這種數字概念都不知道。

不過看看這間宅邸，我一臉疑惑，輕聲詢問在我一旁的楚明：「這是管家的家？」

「看起來似乎是。」

「我怎麼覺得這個客廳不比我們家的茅廁大上多少？平時郝伯也住這種地方嗎？」他老人家怎麼受得了這種折磨。

「各家對待下人的方式不同，有些主子苛刻，自然不會在這上頭多費心。您不用擔心，郝伯家連茅廁都大得可以在裡頭奔跑。」

喔！我點點頭。不出楚府都不知人間疾苦，世人果然過得很辛苦。

「請喝茶。」如願端出茶來。

我左瞧右看，就覺得她肚子好平坦，小寶寶在哪？

「如願，不是說讓我來就好嗎？」阿吉立刻迎上去，語氣中滿是責備。

「我怕你太忙了。聽說老爺在找你了，你還不快點過去？」

「是嗎？各位真不好意思，我去去馬上回來。」

楚軍和楚殷去補充出發要用的東西。楚風不知哪裡去了。我倒不擔心小風這孩子會丟掉，反正他是高人，高人就是要神出鬼沒才像高人。楚瑜說想去市集上逛逛，我昨天逛過了，今天就有些興致缺缺。

所以今天陪我一起過來的只有楚翊和楚明。莫名、琦妙覺得這些事情跟他們無關，留在客棧，估計現在又在上演下毒解毒大戰。

「瀅瀅妳真是幸運，有這麼好的兄弟陪在身邊。」如願嘆口氣，眉宇間有些哀愁。

兄弟？我左看右看。她說的兄弟是誰？

「這位對妳尤其呵護備至。」如願看向楚明。

她昨天只見到楚瑜，顯然是把兩人搞混了。但我不懂，她看就看，眼睛那麼水光迷濛是為什麼？

「真是人各有命……瀅瀅妳的命真好……」

「不好意思……」我不是故意打斷她，只是有不得不澄清的事。「妳說我的兄弟是誰？」

「這兩位不是嗎？」她指指楚翊和楚明，一臉訝異。

「不是。」

「不是。」

我還沒回答，楚明、楚翊就齊聲回答。怪了，這年頭大家都愛搶我的話說。

「那他們是誰？」如願一臉疑惑，顯然孤女眾男一同上路令人猜疑。

這回楚明、楚翊不吭聲。我乾笑兩聲。

「他們是我兒子。」

「妳兒子？」她的語氣拔高八度，不可置信。

「嗯！其實我有六個兒子了，只是我保養得好，妳看不出來。」她話中的不可置信讓老太太我有些高興，被以為是年輕小姑娘總是讓人開心。

如願臉上的表情變了變，忽然像著名戲劇一樣臉色翻臉如翻書，對我綻出一臉笑意。

「喔……原來是伯母……」

這句話聽了就覺得有刺。誰是妳伯母？在花錦城，誰不恭恭敬敬喊我一聲楚老夫人，居然隨便攀親帶故的……本想喊聲大膽，又覺得我們現在是低調行事，只好把話吞進去。

「來，請喝茶。」她笑著幫我倒去冷掉的茶水，重新注入一杯熱騰騰的茶水給我。本來她給我的茶就一點也不熱，我都懷疑是用溫水泡的。

「不過妳這名字取得真好，如願，真好聽。」她偏過頭時看起來真跟老太太我有幾分相似，只是那眼中多了一分媚。

「爹當時替我取這名字，是希望事情如我所願。」

她嘆口氣，臉上忽然有些哀愁。

「只可惜人生總是事與願違。」

「怎麼了？」最近沒聽戲聽曲有些悶，聽聽她的人生故事當消遣好了。

「伯母您看我長的樣子。城裡的好人家都說我長得一臉狐媚，沒有人肯娶我。」

我不是很理解的眨眨眼。雖然當時一堆人罵我狐狸精，但想娶我的公子哥兒還是從花錦城城東繞三圈後排回到城東。

「很多人都誤會我，說我跟許多男人有染。可是那些都只是謠言。伯母，您一定很清楚吧！」她倏的伸手握住我的手。

我正打算從桌上的盤內偷抓一把瓜子來嗑牙，嚇得不輕，差點灑了一地。

「那些根本就只是謠言，我根本沒有做過這種事情。可是那些得不到我的人卻都胡亂說話……我潔身自好，除了阿吉之外，從來不跟別的男子有糾葛……」她說著，一顆淚珠滾落。

這倒讓我想起一件事情。我跟楚瑜訂婚以後，有個男人大放厥詞說我是什麼敗柳殘花。我跑去詢問楚瑜這是什麼意思，楚瑜笑笑沒回答我。三天後我聽說那男人被人頭下腳上倒吊在城牆七天，下來以後嚇成一個傻子，逢人只會笑。

其實我沒興趣參予他人家務事，但她哭得這麼可憐，身為長輩我也只能意思意思安慰一下。

「但我看妳現在還挺不錯的。」

她立刻幽怨的抽出帕子擦眼淚：「是……他是不錯……只可惜他總是不解風情，是塊大木頭……我並不是嫌棄他賺得少或者是外貌不好，我不在乎這些問題，我在乎的是兩個人心心相印，可是我從來沒感覺到他……」

「如願夫人，送柴火來了。」外頭有個小童在喊著。

如願連忙站起身來：「好，就來了。」

她匆匆忙忙走去後頭。我終於有時間來吃瓜子了。

沒一會兒她又走出來。

「不好意思，能不能請兩位公子幫個忙？妾身有孕在身，不能搬挪重物……」

我本來不贊成這種隨便使用人家兒子的態度，但她有孕在身，又說的言之有理，只好讓楚明和楚翊過去幫忙。

我一個人留在廳內嗑著瓜子，嗑沒兩三顆，就有一個男人匆匆忙忙走了進來，打扮應該是府裡長工。

「如願。」他喊了一聲。

我咬著瓜子仁轉過頭去，只露出四分之三的臉。他慌忙往前兩步，靜悄悄的跟我咬耳朵。

「這孩子妳一定要生下來。不管他叫誰爹，他總是妳的孩子。我不介意。」說完，他又急匆匆走了。

我覺得這段口信很奇怪，皺眉坐在那邊思索。

這時又進來第二個人，顯然有點身分，衣料還算上乘。

「如願？」他也是先叫喚。

這回我直接轉過身，他立刻愣在原地，顯然發現我不是如願本人，立刻殷勤的往前兩步，想要把我看個清楚。

「姑娘是……」

我正思考著方才那個問題，想著想著便脫口而出：「如願懷孕了。」

那公子立刻面色如土，好像吃了一斤牛糞。

「跟我無關，我先走了。」

「嗄？」他逃得飛也似的快，我阻止不及，本想告訴他等等如願就會出來，但顯然這裡的人都很急性子。

「如願？如願！」

又是誰？看來這家中客人頗多，來的又都是怪裡怪氣的人。我看過去，肥肚腩的禿頭老爹出現，口中喊著如願匆匆走了進來。這傢伙大概老眼昏花，完全把老太太我錯認成如願，一把握住我的手。

「妳聽我說，這孩子千萬不能留。如果妳乖乖聽話，老爺我會送妳一箱珠寶首飾。妳乖……不過……妳的手怎麼變得這麼細滑……」

他突然開始摩挲起我的手，肥膩的手掌在上面摸來蹭去，我有種想吐的衝動，想抽回來又沒辦法。

「你認錯人了，我不是如願。」這回我終於有機會開口。

那老頭瞪大眼三秒，把我看個仔細，口水忽然無預警的滴落下來。我眼看口水快要滴到我的手上，手抽不開，又急又慌，終於尖叫起來：「不要——」

下一瞬間，老頭變成一顆肥球呈拋物線飛了出去，楚翊穩穩落地在我身邊。

「娘，妳怎麼了？」

「嗚嗚……」我被嚇得不輕，想解釋只是口水問題卻說不出話來，只能一個勁兒的落淚。

「大哥！」楚翊憤然一聲，看向趕來的楚明。

楚明聳聳肩，給他一句簡單扼要的話：「往死裡打，打死了我負責。」

通常被打的人都會有哀號聲，但我家小翊有個良好的習慣，他打人前會先給對方的嘴一拳，打碎他的牙，再往對方喉嚨一拳，讓他聲音都發不出來。所以他打人的時候周遭都很安靜。

楚明哄著我，拿袖子為我擦眼淚。越被哄我就越覺得委屈，喃喃抱怨剛剛被人摸了老手的事情。

「小弟。」

「嗯？」

「把他的手給我剁下來餵狗。」

「遵命。」

楚翊正要實行楚明的命令，如願卻從屋後走進大廳。看到眼前這幕她驚叫一聲。

「天啊！老爺，老爺您怎麼了？你們太大膽了，不要命了嗎？你知道這是誰？這位是錢老爺，是我們這裡的首富啊！你們怎麼可以打他！」

「他剛剛摸了我娘的手。」楚明的語氣很冰冷，我不知道這孩子也有小風那種寒冷的體質。

「不過是摸一摸手。你們打了他，這下肯定會吃上官司。」

「好啊！來就來，沒在怕。」楚翊揮一揮拳頭，顯然又想打斷老頭一根肋骨。

「是誰在錢府內行凶？」

說官兵官兵就到，似乎是有人去通風報信。

老頭立刻嗚嗚求救，一臉痛恨的瞪著我和楚明兩人。

「光天化日之下，目無王法，把這三個犯人都給我帶走。」

那老爺嗚嗚亂叫一陣，又用手指比了比我，那隊長立刻改口：「顯然那名女子是無辜的。把這兩個犯人帶走。」

我捉住楚明的袖口，有些緊張。難不成真要把我的兒子關進牢裡嗎？

「娘，別擔心，我去去就來。」楚明朝我一笑後，又遞給楚翊一個眼色。

本來在折指節打算大展身手的楚翊雙手一攤，就跟著官兵走了。

「楚明？楚翊？」現在要怎麼辦？

如願好不容易終於把那團肥肉扶了起來。他掙扎著要坐到椅子上，但似乎痛得狠了，無法站起身來，然後有幾個小廝抬來擔架，費了好大功夫才把他放上擔架。他臨走前還在嗚嗚叫喊，不知道說什麼。

「老爺，您想說什麼？」如願忙俯身去聽，聽了好幾次才聽懂。

我看著這一幕，只覺得他竟然還說得出話來？那麼表示要嘛我家楚翊學藝不精，要嘛就是下手太輕。

老爺被人抬走了。如願一臉憂愁，目送到看不見人影時才轉過身來。

「瀅瀅，我有事情要告訴妳。妳千萬要保持冷靜。」

「什麼事情？」

「這裡的縣官是老爺的兒子。妳跟妳兒子闖了大禍，打了縣官的爹，這下死罪難逃。但剛剛老爺跟我說，他願意放你們一馬。」

「是嗎？他真是個好人。」因為口水事件就害他被打，現在我突然有點愧疚。

「但這件事情有個前提。」如願蹙起眉說道。

「如果要救妳的兒子，就必須當他第十六房的小妾。」

老太太我呆住了。這戲臺上強逼民女的戲碼竟然活生生發生在我身上。

「妳意下如何？但如果妳不答應，我怕妳兒子這是有去無回。就我看來，他們個個都是人中龍鳳，妳是捨不得他們出事的吧？」她緊緊握住我的手。「當然，我也會盡力幫忙。但是我勢單力薄，能力有限……」

我看著眼前這張臉，不由自主的想到方才的事情。為什麼一堆無關緊要的人都來關心她的孩子生不生？

她不是潔身自好，從來不跟其他男子有過感情糾葛嗎？

第十四章

現下我人正在那位據說要娶我當第十六房小妾的老爺房內。幾個大夫進進出出，拿著白布把他綁得像個入殮的乾屍，我只看得到他的眼球在動來動去，忍不住就想到以前看過的一本話本叫做《暗夜驚魂》，顯然這老爺很有出演的天分。

因為這老爺被人打啞了嗓子，現在就有個小僕人站在他床邊，只要老爺一說話，他就要連忙俯身去聽，接著在紙上寫下來。

「妳不願意當我的小妾？」

「當然不行。」我是已經結婚的人。雖然之前以為喪夫，但現在我的夫又回來了，我怎麼可能犯上重婚罪。

「假使妳不從，妳知道那些男人會怎樣嗎？」

他的這句話讓我皺眉。我還真不知道他們會怎樣。上回我進牢房也只是吃吃點心喝喝茶看點書就出來了，即使牢內環境不大好，空氣不大新鮮，但獄卒公子們人都挺好的，我相信我兒子們肯定跟我一樣適應力良好。

可能是誤會我皺眉的表情，老爺又跟小僕人窸窸窣窣一番。

「知道此地縣官是本老爺的兒子吧？只要我一句話，那些男人就能被放出來。」

「縣官是幾品？」我很疑惑的問道。聽他說的好像很了不起。

「六品。」

我不吭氣，思考著當初敕封我家楚明和楚軍的時候國君說是幾品來著。

「妳從了本老爺，以後也會有好日子過。」

我覺得這老爺真是搞不清楚狀況，人家強搶民女也要搶個黃花閨女，他搶一個有六個兒子的老太太做什麼？

「我已經成親了。」我發現床邊帳幔下頭的紫色流蘇異常好看，趕緊看個仔細，回去讓小殷依樣做一個給我。

「本老爺不介意。」

「但我介意。」這是我的人權又不是你的意願。戲臺上，不從的良家婦女每次假裝從了最後都要懸梁自盡，老太太我人生愉快的還不想死。

「妳抵死不從？」

以前我娘殷殷告誡我，要當就要當大尾的，要是當人家小妾，光是要爭寵兼鬥倒前面那一大票姐姐妹妹們就煩死人，還不如一開始就把元配夫人這個位子坐得穩當，丈夫死後還是有著分量，遺產也比較好弄到手。

但我表示當我嫁給楚瑜的時候，絕對沒想過要毒死他將遺產弄到手，畢竟天下間能那麼疼我的也只有他一個。

「當然。」我不當別人小妾。況且我都當了楚家夫人，何必委屈自己去當什麼十六姨太，腦子壞了不成？

「好，這是妳自找的，莫怪本老爺不留情。抓起來。」

那小僕人寫完這句話亮出來時，站在我兩旁的僕人還愣了愣，顯然不知所措，好一會兒才上前來，一人捉住我一邊的胳膊。

不是我要說，說狠話的時候如果人還躺在床上一臉快斷氣樣，實在沒有什麼威嚴感。

「疼！」老太太我細皮嫩肉禁不得疼，他們又粗手笨腳，這一捉我就疼了，眼中泛淚喊了一聲，他們立刻倒吸口氣退後兩步，誠惶誠恐的。

「怎麼這麼疼……」我揉揉胳膊，覺得還是一陣疼。

看著床邊那個小僕人沒事可做了，我很自然的就使喚起來：「小僕人，過來給我捏捏。」雖然我一般是習慣給心靈手巧的女孩兒按揉，不過這會兒沒丫鬟，退而求其次，勉強湊合著用。

「老爺！」

一聲長喚，一個男人慌忙的奔進房內，可能太緊張了，經過門檻時還跌了一跤，我正坐在椅子上被人捏著胳膊，剛好見到他大字形趴倒在地，抬起頭來鼻子已經紅了一片，原來是阿吉。

「夫人您沒事吧？」他慌忙站起身來，顯然跑得很急，臉上紅撲撲的。

「我剛剛回家就聽到您被老爺的人帶了過來，我就連忙趕來。您沒事吧？」他緊張得連話都有些講不好。

我平素就不喜歡人毛毛躁躁的，立刻蹙眉。

「有話慢慢說，天塌下來也有高個兒頂著。我沒事，只是胳膊有些疼。右邊，再輕一點！」我後頭的小僕人力道變得更輕，就是大概只夠撢掉花上露水這樣的力道，但對細皮嫩肉的老太太我正好。

阿吉看看我，又看向床上的老爺，然後倒吸了一口氣，立刻雙膝落地。

「老爺，這些人是我的客人，他們初來此地，絕對沒有意思要冒犯老爺，請您高抬貴手。」那老爺又吸氣又抽氣，從喉嚨發出嘶嘶聲，拚命的指向我這方向，我什麼都聽不懂。

阿吉卻立刻不住磕頭：「老爺，請您不要這樣，請您高抬貴手……」

我拉拉後面的小僕人，好奇的詢問：「他在說些什麼？」

「老爺說除非妳從了他，否則這件事情沒有轉圜餘地。阿吉管家正替妳求情呢！」

「他還真是個好人。」

「是啊！阿吉管家人很好，只可惜娶了那麼個妻子……」

小僕人顯然也夠八卦，話尾耐人尋味。他這些話又讓我重新思考起要生、不要生的問題，但想破了頭我也沒有答案。我眼尖看見後頭有個人，就是方才的當事人之一，連忙轉過去問他。

「欸！為什麼你要如願生下孩子？」

我的聲音不大不小，卻讓整個房內忽然靜默下來。

那被我點名的長工雙眼暴睜，顯然不知為何我會知道這件事情。我有點可憐他到現在還不明白，不知道我就剛剛他見到的「如願」。腦袋這麼笨，一不小心就會當一輩子長工。

他期期艾艾半天，終於吐出一句話來：「那是……那是因為……我是特地去祝賀阿吉管家的……」

「哦！原來如此。」我坐回原位，指示小僕人連手臂都要捏捏，想一想又覺得不太對勁。

「那你幹嘛要如願不要生下小孩？你怎麼這麼見不得別人好啊？心腸歹毒會下地獄十九層耶！一箱珠寶也比不上一個孩子珍貴。」我憤然的朝那老爺訓斥。老太太我想來想去只有這個原因，一定是他見不得別人好。

阿吉看看那長工，又看看老爺，最後看向我。

「夫人，您說什麼……能再說一次嗎？」

「我說他們好奇怪。」

「什麼？」

顯然阿吉耳朵有點不好。我站起身，深呼吸三次，氣運丹田。

「我說！那個傢伙叫如願一定要把兒子生下來。這邊這個肥老頭要如願千萬不要生下這孩子！一個要生、一個不要生，我覺得他們好奇怪！」

窗外的鳥好像被我的音量嚇傻了，愣是沒有飛走。我完成任務，得意洋洋的坐下。小僕人也嚇傻了，只是維持無意識的捶打動作。

長工和那老爺面色如土。阿吉顯然還似懂非懂。

「哈哈哈哈！師兄！這真是笑死我了，笑死我了！」

這笑聲絲毫不顧形象。

只見琦妙好像在逛自家花園一樣慢悠悠的從房門走了進來，她走過的地方七橫八豎躺了一堆人。莫名也跟著走進來，順便把一些七孔流血的人救活。

「莫名？琦妙？」我驚喜一喊。你們是來拯救落難的老太太我嗎？

床上的老爺嗚嗚亂叫，我後頭的小僕人很盡責的翻譯，這回不用寫的了。

「你……你們是誰？怎麼進來的？護院呢？」

「啊？那些是護院喔！那我勸你還是養些狗比較實際，真是不堪一擊。」琦妙聳肩回答。然後她立刻回頭過去朝莫名道：「師兄，就是因為這麼有趣你才不走嗎？」

莫名看了我一眼，依舊是鬼氣森森的開口：「跟在夫人身邊，不是被笑死就是被氣死。比起被毒死，我寧可要這兩個選項。」

琦妙一聽，立刻鼓起腮幫子扮了一個大鬼臉。

她今天一襲青衣，蘋果綠的青色絲帶顯得清新俏皮，臉沒有搽的像是猴子屁股，老太太我對於她化妝概念有進步感到欣慰。

「莫名，你們是來救我的嗎？」老太太我忽然覺得有些感動，原來我過去都誤會莫名了，只覺得他是會灌藥下針的惡棍。

莫名淡淡看了我一眼。琦妙則奔上前，對著阿吉滿臉笑意。

「我幫你解釋解釋剛剛她說的是什麼意思。」她的笑容興奮極了。

我也想知道，連忙拉長耳朵。

「那意思就是……你的妻子，跟他們兩個……」她指指長工跟老爺，阿吉的臉色越來越難看。「都有一腿啦！」

「什麼？」這聲驚呼來自於我，房內其他人都靜悄悄的。我有些奇怪大家都這麼冷靜。

阿吉沉默了好久，突然開始劇烈的顫抖，好像一個即將壞掉的機器。

「不，我不相信……我不相信……」

他仰天長嘯一聲，忽然抱著頭衝出去，我見到他的眼球都充血赤紅了。

「哇賽！比戲臺上還好看！」老太太我連忙拍手。但是現場只有我一個人拍手，顯得有點冷清。

琦妙直起身子，一臉舒爽的笑意：「喔！我最喜歡主持正義揭發真相的這瞬間。」

琦妙果然是披著羊皮的狼，把別人的痛苦當成快樂。

我嘖嘖兩聲，抓過桌上的乾果來嗑，卻被莫名一把拿走。

「胡桃仁對夫人的身體不好，而且……」他端過一杯茶放到我面前，我甚至不知道他是從哪裡變出來的。「該喝藥了，夫人。」

「我不要……嗚嗚……我不要啦……」更正，莫名也是惡魔，超級大惡魔。

「莫名你不是來救我的嗎？」為什麼會變成喝藥？

莫名看我一眼，拿起從我手上接過的胡桃仁就嗑起來。

「夫人哪需要我救？我不替這間府中的人祈禱就不錯了。」

「我不要喝藥……」

「冷了藥力減弱，就要喝三倍的量。」

「這位小僕人，你看起來氣血不足，要不要喝一杯？」轉而求救後頭的人，我看他幫我搥肩這麼久也累了。

他立刻臉紅的跟什麼一樣。

「跟……跟夫人喝同一杯嗎？」

床上的老爺弱弱的一咳，但沒人理他，因為他的僕人被我用了。

「給我報官……」費盡力氣才用嘶啞的嗓音喊出來，好像快要斷氣。

倒是琦妙回應他，笑得像個陽光美少女：「我幫你報。」

「你們……你們擅闖民宅……打我護院……都死定了……」

「正確來說我沒有打他們，只是下點毒，如果有跟猛虎一樣的毒物抵抗力就不會死。」

「妳的虎還要是東北虎，否則我懷疑妳是不是下毒的時候手抖了一下毒粉灑那麼多。」莫名吃光一把胡桃仁，又拿起第二把，顯然把這裡當自己家，一條腿蹺在椅子上很是愜意。

「不過也用不著報官，我看很快人就會來了。對了，夫人，如果妳真讓後頭那傢伙喝了我用十八種珍奇藥材提煉出來的藥茶，我肯定會讓妳泡藥浴泡足十八個時辰，泡到妳的手都起皺紋為止。」

我正使勁兒的說服我身後的僕人，他本來挺有答應的意願，一聽這句話我連忙把要送出去的藥茶又收回來，不甘不願的一口一口啜著。

「報！老爺，前頭來了好多官兵！」

這僕人顯然腳程太慢，因為官兵已經先到房門口了，一個個凶神惡煞似的。

這個房間也就一丁點，大概比楚府的茅廁大不了多少，那老爺的床就正對著門口，見到官兵便雙眼圓睜囁嚅了兩聲，似乎努力想說些什麼。

我連忙移動身子悄聲詢問莫名：「莫名，府內的人你們不是都打倒了嗎？」

「琦妙想要毒死所有人，被我阻止了，所以她只有對這個院落的人下毒，前院的僕人們都平安無恙。」莫名聳聳肩，態度一派優閒。

「那這種情況我們要逃走嗎？」

莫名雙手一攤，不置可否：「我一向採取不抵抗政策。」

琦妙正把一堆瓷瓶從包袱裡面拿出來又放進去，臉上喜孜孜的。

「這瓶好……不對……還是這瓶好……人多的地方最好試藥……先迷暈了再一個一個下藥，喔呵呵呵呵……」

那老爺見到官兵，雙手都斷了還使勁身子微微一動。

「很……好……快叫他們……都捉了走……」

意外的，官兵朝我行了禮，一齊跪下。

「不知丞相夫人在此，我等來遲了。」

然後，在肥老爺震驚的眼神中，他被人從床榻上抬起，本想給他上刑具的樣子，但他全身裹得跟木乃伊一樣無從下手。

眼見官兵苦惱人押不上車，我細細的提醒一聲——

「不如綁在馬車後面拖著走吧！」

前往官府的馬車後面一直有快斷氣的哀號。而且不知道為什麼，我們馬車經過處開始有大批群眾圍觀，一路為我們歡呼灑花瓣。

就這樣一路駛進縣官的府衙去。

＊　＊　＊

堂上光明几淨，可能是天天擦拭很光亮；桌子卻因為年久失修有些破爛。

我坐在堂下一張擺好的椅子上，隔壁被包裹成粽子的肥老爺連吭都不吭一聲，拖過一路黃泥地，顯然力氣用盡躺在地上爛成一灘泥，身上不知為何還有不少蘿蔔葉。

「開堂！」門口有個小廝中氣十足一喊，旁邊的官兵們立刻來個八部合音。

我很愛聽這合音聲響，小軍他的部下最多，聽說有能人可以做到二十四合音，我曾吵著要楚軍讓他們合唱給我聽，楚軍一臉肅容的表示國家士兵是保衛家園，不是陪我兒戲的。

率先走出來的是一個穿著官服的男子，他拿著一條手巾不停的擦汗。我看那條手巾都濕透了，他卻毫無所覺，只是雙眼往下垂著，一副喪氣樣。

「是……是……大人……我們自然會秉公處理……」

那癱在地上的肥老爺一聽到這聲音立刻跳起身，宛如肥蚯蚓跳龍門，我嘖嘖稱奇，被小翊下重手痛揍過後還能這麼生龍活虎真了不起。

「兒……兒啊……要替爹……替爹主持正義……」

他張著一嘴被打落的牙哀號，咿咿呀呀的，聽久了我也聽出個大概。

那男子一嚇，連忙伸手過來攙扶。

「爹？是誰把你打成這樣？快點告訴我。」

那老爺咿咿嗚嗚一陣，顯然他兒子是有聽沒有懂。不過見到自家爹被人欺負，很有孝心的他立刻轉過頭去痛罵官兵。

「看到本官的爹被人打成這樣，你們這群飯桶還杵在這裡做什麼！不去把人抓來嗎？」

那些官兵你看我、我看你，最後一個倒楣鬼被人踢了屁股摔出人群。

「報……報告大人……人早就……早就抓回來了……」

「什麼？在哪裡？立刻抓上來，本官要先給他二百殺威棒！」

官兵往後瞄瞄，顯然猶豫該不該說。

「是誰？還不快點說，吞吞吐吐的？」

「就是大人身後的那兩位公子……」

「什麼？還不給我拿……」乍然消音。

我估計他是要說拿下。順著他的視線看去，我見到楚明和楚翊悠閒的踱了進來。我連忙起身奔上前，把他們從髮看到腳，統統看個仔細。

「楚明，楚翊，你們沒事吧？」

「娘，我很好啊！」楚翊笑咪咪的說道，我這才發現他身後跟著如願，如願一臉目瞪口呆的看著我。

「咦？如願，妳怎麼在這裡？……」

楚翊往後一看，從鼻孔哼了一聲。

我覺得這行為實在不雅觀，回頭要拿兩粒花生米塞在他鼻子內處罰他。

「我……我……我……」如願一邊說，一邊握緊手中提著的包袱。

「我想說兩位公子被關在牢中……必定孤苦無依。最近天寒，於是給他們送來寒衣表達關切之情……」

「哦——那真是謝謝妳。」能這麼關心我兒子，真是個好女人。

如願看我一眼，似乎想從我臉上看出什麼來。我給她一微笑，她臉上閃過一抹複雜的神色，然後深深吐出一口氣。

「伯母，別這麼說，這是我該做的。」說著，她親親熱熱要來挽我的手臂。

小翊摟著我站到另一邊，不讓她挽，她臉上一陣尷尬，只好悻悻然收回手。

「這怎麼會是妳該做的呢?送寒衣這種事情都是家人該做的，妳人這麼好，老太太我很感謝。」雖然那聲伯母還是很刺耳，但看在她是為我兒子們好的分上，我不跟她計較。

她嬌羞一笑，我忽然一陣發冷。這女子是在嬌羞什麼？

「伯母別這麼說，我從一開始就沒把你們當外人。」

「但妳就是外人啊！」不是家人又不是好友，當然是外人，有錯嗎？

她睜大眼，抽氣兩聲，顯然說不出話來，沒一會兒眼中立刻淚光閃爍，雙膝落地。

「是……是如願冒犯了，一切都是如願的錯，高攀伯母，請伯母原諒。」

「好爛的演技。」

我聽見琦妙啐了一聲，聲音不大不小，卻足以讓所有人都聽見。

美人流淚總是讓人賞心悅目，但看著一張跟自己有六分相像的面孔流淚，我怎麼看都覺得渾身不對勁。

「知道錯就好，以後別再犯。我大人有大量，自然可以原諒你們這些市井小民。」我只好搬出平常我訓誡兒子們的話。要知道，這種時候絕對不能溫柔的說聲不要緊，慈母多敗兒，有錯就要明白。

「讚啦！我欣賞妳夫人！」琦妙在那頭吶喊助陣。

如願一臉進退兩難。我發現她流了兩滴淚以後淚水似乎就乾涸了，顯然她平常只需要流到兩滴淚水的分量。她只好跪坐在地，擦著臉上不存在的眼淚。

「兒啊！要替爹主持公道啊！」那頭的肥老爺還在哀號不停，可是那縣官卻一動也不動。

「哦？」楚翊發現他的視線，朝肥老爺一笑，那老爺就抖得像塊嫩豆腐，一身的肥肉都在顫抖。

我覺得我自己的兒子笑起來很可愛。這老爺估計沒有審美觀。

「是我打的？剛是哪位大人說要用大刑的啊？」

縣官的冷汗在臉上匯聚成小河流，聚集在下巴滴落到地板。

「呵呵……公子聽錯了，肯定是聽錯了……」

「對了！楚明。」我這才想起來有事情要問，扯扯楚明的袖子。

「娘怎麼了？」

「當初你到底是被國君封為幾品啊？他說他兒子有六品，我兒子有幾品我都想不起來。」

「上一品。」楚明聳聳肩，給了我答案。

我心滿意足點點頭，卻看見那肥老爺在聽見這句話時身子抖得更厲害了。

「娘，妳到旁邊去歇歇，這兒交給大哥就行了。」楚翊帶我坐回原位，看見莫名，他第一句話就是……

「娘今天喝藥了嗎？」

我立刻緊張的朝莫名看了過去。莫名點點頭。我正要鬆口氣，就聽到他開口。

「夫人喝了半杯，把剩下半杯偷偷灑在轎內的褥子上，現在已經過了半個時辰，浪費的藥要在下一次喝藥時補足三倍。」

「你怎麼知道我偷灑藥？」

琦妙也湊上來，很沒良心的解釋：「那轎子內的藥味濃的都可以熏死一隻豬，也只有夫人不會察覺。」

我無話反駁，立刻轉頭捉住小翊哀號：「那不是我倒的，一定是別人的藥。小翊，你要相信娘。娘告訴過你為人要誠實善良，娘是絕對不會說謊的。」

楚翊一挑眉，莞爾一笑。

「我記得這句話娘在教我的時候還說了個但書，逼不得已的情況下，在商言商的情況下，在官場為官的情況下，則可列於此規則之外。那麼娘告訴我，您是在哪一種情況下？」

「當然是逼不得已的……呸呸呸！娘絕對沒有說謊！」

楚翊很和善的摸摸我的頰，但說出來的話沒得商量。

「下個時辰的藥，娘可要乖乖喝掉喔！」

我賭氣的鼓起腮幫子。還是搞不懂我天衣無縫的計畫怎麼會被人拆穿，我是有哪句承認我灑藥了？

第十五章

「所以，這件事你打算怎麼處理？」楚明淡淡一句問話，那縣官的頭幾乎要垂到地上。

「秉公處理、秉公處理……」

「兒啊！你要……給爹……主持公道……」肥老爺還在哀號，抓著縣官的褲子不放。

「原來這惡霸還是縣官的爹，不會父子相護吧？」

「絕對不會，小的自當秉公處理、秉公處理……」

「那你打算怎麼處理？」楚明背手而立，顯然他在朝政上都是用這姿勢呼喝百官，丞相的氣勢自然流露。

「秉公處理……秉公處理……」

「兒啊！爹……」那縣官大概急了，一下重手砍往老父頸部，當場那肥老爺就兩眼一翻昏厥過去，此不孝之舉讓我大皺眉頭。

「我剛剛好像聽到說要對本官的弟弟用刑？」

「誤會一場、誤會一場！肯定是秉公處理……此次錯在家父，還請大人高抬貴手。」

「大榮楚家的夫人被你這區區六品小官的爹碰了手，一句高抬貴手就想讓我們輕輕放過，你可真是好本事。」

「下官不敢、下官不敢！只是秉公處理……」

「那本官也就秉公處理了，從今天開始你撤除官職，由副縣官補上，明年科舉之日會再推派新的官僚過來接替。如果本官回到花錦城時，你還沒有離開這個府衙，那可不是摘掉烏紗帽這麼簡單的事情。」

縣官立刻癱軟在地，臉色發白。

「對了。本官看你們家底頗豐，這一地聽說最近有旱災，居民大多生活不好過，不如大開糧倉帳房，發放銀兩糧食，將功抵過。」

「大人……您……您這是……抄家啊……」

「抄家？這又不歸於國庫，哪算抄家？」楚明抿脣一笑，這笑真是像極了楚瑜。

「你只是行善為樂。附帶一提，若是本官回城時還沒聽到你的善名傳出，本官就無法保證會不會真的來個抄家。花錦城的王軍們抄家抄得可徹底了，就連藏在泥地裡的珠寶都能掘地三尺挖出來。」

於是官府地上多了兩個爛泥似的人。

楚明用手撣去袖口上的灰塵，朝我伸出手：「娘，走吧！」

「嗯。」我乖乖點頭，把手放上去，楚明一使力我就讓他拉著走。所以說嘛！有兒子真好，要是個女兒，我可能還得伸手拉她。

「如願——妳告訴我這不是真的！」

府衙門口都還沒走出，就又聽到有人狂喊著，從外頭衝了進來。那人衣裳破爛、沾著不少黃泥，方正的臉蛋被黃泥裹得有點橢圓，臉上滿是疲憊。

「阿吉？」如願驚喊一聲。

我看看她，又看看阿吉，再看看她的肚子。

嗯！這是三個人的僵局。

阿吉雙眼赤紅著，一衝進府衙後就捉著如願的肩膀不放。

老太太我素來是愛看戲的，定在原地說什麼也不肯走。

「如願，妳告訴我，這孩子是我的對吧？」

啊！一開口就是正中目標。這句話好有震撼力。

如願驚慌的看了眾人一眼，然後結結巴巴的回答：「當……當然是你的……不然是誰的……」

「可是剛剛老爺跟……」我望了廳內一圈，剛好看到那長工也在。「他，都來問說妳的孩子好不好。他還說不管這孩子跟誰姓，他都不介意。」

眾人驚呼四起。我覺得我是目擊證人，應該講得更加仔細，這樣才能為阿吉的問題找到正確答案。

「對了，還有一位公子——」

不巧他就混在進來看熱鬧的鄉民中，我手一指，人群自動讓出康莊大道，只剩一人獨立。那人那張紋過眉的臉上不住抽搐。

「都很關心妳。」

被點名的人統統低下了頭。

阿吉的表情越發慘澹。「妳告訴我，妳當初說愛我想嫁給我，難道是騙我的嗎？」

「不是……不是……」如願啜泣起來，楚楚可憐。她環視周圍一圈似乎想要尋求幫助。

我聽見人群中傳出不少嘆息。

「我是真的愛你，可是你從來都那麼忙。阿吉……感情有時候是不由自主的。你相信我，我沒有背叛你。」

老太太我看著這一幕，忽然想起以前花錦城中也有如願這種女人，她們楚楚可憐，老說自己只是因為外表才招致別人閒言閒語；可是又很奇怪，她們卻老是喜歡把帕子丟在別人會經過的地方。而最後事情被人發現時，她們也常常說這句話——

感情是不由自主的。

老太太我頗為認同這句話。如果感情可以自主，我肯定會在楚瑜死訊傳來的那一刻就瞬間清空我對他的感情記憶，好讓自己這些年過得輕鬆愉快一點。

在場有一瞬間的沉默，阿吉定在原地，所有人都在看他的反應。

「快！休了這裝可憐的女人！」琦妙在旁邊揮舞拳頭咆哮，全場只聽見她的起鬨聲。

「你相信我，我仍然是愛你的，阿吉……」

只是有些人，言行不一，一邊說著自己很愛很愛對方，卻同時又因為其他原因愛上了別人。如果真正愛一個人，是絕對不會做出讓他傷心的事情。偏偏許多人喜歡為自己的心意不堅找藉口。

「我相信妳。」

「啊！」老太太我很入戲，跟著驚叫一聲。

這句話，竟然來自阿吉。這個事件中最無辜的男主角。

戲臺上此時通常都是男主角憤怒至極，一把甩開女主角。

在戲劇裡面的世界，負心人總是要受到譴責。

戲裡有著公平正義；但在現實，卻又是另外一番場景。

而戲劇裡面的才子佳人歷經苦難最後還是會再一起；就算曾經傳來了死訊，可人後來總是會復生。

我突然想起一件事情——自己是從什麼時候開始愛看戲的呢？

也許我突然喜歡看戲的原因是，希望現實中也能出現圓滿的結局。可是現在結局圓滿了，我卻沒有太多的喜悅。

那夜楚風給我看的景色在我腦中不停盤旋。術法變出的花，是會在陽光下消散的。

孤單的夜晚始終孤單。說好永遠，永遠卻這麼短暫。

現在的生活，現在的自己，是否是真實的，還是鏡花水月？

我側身看，想找出個答案，卻意外見到楚明的臉。他正俯下身來，臉上有些焦急的望著我。

「娘？」

不是，我還有這群兒子們，他們都在我身邊。

於是我坦然一笑：「娘沒事。」

「不管別人怎麼說，我都相信妳。」阿吉繼續說著，並且將如願拉了起來。

眾人依舊議論紛紛，卻被他的一句話堵住了。

「我想是我太激動了，各位。剛才的諸位想來只是關心我與如願的喜事。我實在不該小題大做，懷疑了她。」他臉上的表情沒有虛假，全心為自己的妻子護航。

如願聽了阿吉的這番話，沉默的低下頭。

既然阿吉都這麼說了，也沒有人再說些什麼了。

老太太我把這一幕看在眼裡，忽然有些明白。

雖然事實都擺在了眼前，可是有些人還是想要去相信。其實那不是逃避，而是因為他愛那個人，所以才選擇去相信。想必阿吉也是這樣想的。

回客棧的路上，琦妙一直忿忿不平的叨叨：「那男的也太蠢了，自己的妻子替他戴了一頂這麼高的綠帽，他還原諒她？」

我正在補喝苦得要命的藥茶，整個馬車內都是草藥的味道。

「這沒什麼好奇怪的。」

「什麼？」

「我想如願以後還是免不了要繼續身不由己。」人心雖然是活的，同時也是死的，沒有什麼比改變一個人的本性還要更難。

「那就要給那種女人教訓，為什麼又原諒她？」

「因為那是他們兩個之間的事情，我們只是旁人。旁觀者雖清，但當局者迷在其中未必就是痛苦，讓他把事實看清楚又有什麼意義呢？」

「我不懂，錯的人就是該被處罰。她對於感情如此不忠貞，為什麼不休了她？」

「師妹，人與人之間，不是像製毒配藥這樣容易。在人與人的關係中，不是一個男人加一個女人等於一個小孩這回事，就像我跟妳就算一起相處一百年，我們還是妳是妳、我是我，八字絕對沒一撇。妳這方面的領悟，是遠遠不及夫人。」莫名言道，語氣中有種諷刺的意味。

「什麼？我不如她？師兄你是不是中了毒腦子壞掉，竟然說這種話？」

看著琦妙氣呼呼抬手往莫名揍了過去，嗯！年輕真好。

我捧著茶杯，又要繼續喝下，卻被別人拿開，喝了個空。我疑惑的望向伸過手來之人，楚明正肅著一張臉看著我。

「所以說，娘不想醒來嗎？」

「你這孩子，說些什麼？」

楚明抿緊的唇拉成一條直線。我知道這是楚明鬧脾氣的樣子。但楚明應該已經過了青春期好一陣子了，怎麼還會鬧脾氣？

「楚明，你最近是不是外面的食物吃不習慣有點上火？你就忍耐一下，外面的廚子不比我們楚府中，你知道的……」

正在這時候，馬車停下來了，似乎是已經到了客棧前，但還沒完全停妥，車外就傳來一串慌忙的拍打聲。

「夫人，爺，六公子！」

「怎麼了？」

我楚家的僕人個個都要處變不驚才行，這個傢伙是誰？回去讓郝伯重新做員工訓練。

「事情不好了！」

「什麼事情不好了？」有話慢慢說。

「楚風公子……楚風公子被人抓走了……」

＊　＊　＊

說到我六個兒子，多少都有學武防身，那是楚瑜定下的規定，偏偏楚風是一個例外。

楚瑜為了跟慕容家和平往來，在楚風娘親死後答應慕容家的條件，把楚風送到慕容家修行，一年不過回來兩、三次。慕容家是巫卜世家，並不擅武，於是楚風便成為所有兒子中唯一不諳武術的。

一直到楚瑜出喪，我拿著刀站在門口堵住慕容家的人將小風帶走，從此才將小風正式的留在了楚家。後幾年，慕容家的人仍然不死心，不時會找上門來要人，在我氣不過之下，請求了國君下旨，禁止慕容家相關人士進入花錦城；而當楚風這孩子成為國師後，貼身護衛的數量恐怕也快要跟國君並駕齊驅，再也不用擔心慕容家的人來搶人了。

於是，我們因此都忘了，楚風手其實無縛雞之力。

「怎麼會被人捉走？」

這人是怎麼辦事的！我好端端的一個美兒子，竟然不見了？

收到消息的眾人紛紛趕回來客棧，各個神情凝重。

我揪著那個陪同楚風一起出去的僕人衣領搖晃不停，整個人都要爬到桌子上。雖然知道自己年事已高要平心靜氣，但聽到這種消息要老太太我怎麼平心靜氣？

我簡直是要氣炸了！

楚風一走，老太太我未來的夏天要怎麼過，楚府內一定會熱得苦不堪言。

「娘，您先別激動，先聽聽他麼說。」楚軍制止我，一手輕輕鬆鬆環住老太太我，就把我抱下桌面。

「楚軍，你別攔住娘，你沒聽到他說什麼嗎？好端端一個人給我看到弄丟？這裡不比花錦城，我們人生地不熟，楚風他這孩子要是落到壞人手裡怎麼辦？」

「娘！正是因為我們人生地不熟，才更要冷靜。五弟身為大榮國的國師，國師失蹤，遭人挾持，這可是足以動搖國本的大事，妳現在掐著他的脖子要是把他掐死了怎麼辦？五弟的消息可就真是斷了。」

楚軍句句有理。不愧是當將軍的，很明白事情輕重緩急。被他這麼一說，羞愧的我立刻低下頭去。

所以說，人老不代表什麼，只代表吃的飯比你吃的鹽巴多。

「你把所有事情重新交代一次。」楚明見楚軍制住了我，立刻沉聲詢問。「一切都要鉅細靡遺，不得有漏。」

「是……那時小人正跟五公子一同逛著市集。五公子說要巡查這一地的氣脈循環，所以我們一路上走走停停，後來走進了一間雜貨鋪子後頭的樹林。我們才踏進樹林，立刻就有十幾道人影從樹上跳下，每個都身穿白衣，白綾覆面。」

他吞口口水，又繼續往下說：「五公子看情況不對，便低聲吩咐小人快跑。那群人倒也沒有傷人之意，似乎是衝著五公子來的，什麼話都沒說就把五公子架走。小人聽從五公子的話，趕快回來通風報信。」

「那些人什麼話都沒說嗎？」

那僕人立刻把頭搖的像是波浪鼓：「什麼都沒說。」

「他們往哪個方向走？」

「往林子深處。依照小人估計，那邊是北方……」

楚明臉色微微一變，跟楚軍交換了一個眼神。

「對方完全沒有透露一點兒訊息，我們無法知道對方是什麼來歷。如果對方綁架五弟只是為了勒索金錢，那應該會留下一點訊息，或者在這兩天會與我們聯絡。」

楚明深思，很快的擬出幾個對策。

「四弟。」

「是。」

「麻煩你畫出幾張五弟的肖像。所有僕人聽令，兩個人為一組，拿著畫像挨家挨戶的去詢問，只要有人能提供楚風相關的消息，無論有用無用，都先奉上一顆金豆子。而若是能得知楚風被人綁走後的行蹤，必有重金答謝。」

銀彈攻勢，果然是楚家人最會招式。

我窩在楚軍懷裡，不時的抽抽鼻子。

「我們一定會把五弟找回來的。娘和爹還有二弟，就先在客棧等消息。既然對方抓走五弟時毫不猶豫，那麼他們可能早就跟蹤我們許久，也熟知我們眾人的底細，這次會選上毫無武功的楚風，下一次動手的對象很有可能就是娘，所以娘妳千萬不能亂跑，隨意落單。」

我點點頭。

看著楚明威風凜凜下著命令，忽然覺得自己把這孩子教育的真好，瞧這一家之主的樣子多有派頭！

「彼此有消息，以響箭作為集合訊息。」

楚明吩咐下人拿來幾枝鴨舌頭響箭分發下去。

這種箭矢射擊起來沒有太多殺傷力，卻會發出彷彿鴨子垂死前的長叫，軍中要聯絡時也會使用這種信號箭矢。

「看到此箭，所有人就往客棧集合。」

「楚軍你也去吧！」我推推楚軍，這兒子是六個兒子中武藝最高強，有他出去尋找楚風，我也多一份安心。

「娘有你們爹就好。」有楚瑜陪著我，他們不用瞎操心。「娘覺得你應該去找小風。多一個人多一分力氣。而且我家楚軍不只一個人的力氣。」

「只有爹一個人是不夠的，我們不能冒險。」楚明一口打斷我的話，讓我連一點置喙的餘地都沒有。

我癟癟嘴，忽然有種被褫奪權力的悲哀。瞧瞧，把一家之主讓給兒子之後，連說句話都沒有分量。

「娘，大哥說的沒錯。」楚軍以指抹過我的頰邊，我想大概是我臉上沾上了髒東西。

他的回應讓老太太我立刻嘴嘛得半天高。還大哥是對的。都你大哥好，娘親當作草。

「我們一定會很快的把五哥找回來，娘不用擔心。」楚翊朝我甜甜一笑。

對小翊這兒子的笑容我一向沒有抵抗力，只好嘆氣讓步。

＊　＊　＊

「瀅瀅，要不要來下盤棋？」楚瑜柔聲詢問，朝我亮出棋子，黑白分明。

「不要。」沒那心情。

「要不，我削個梨子給妳吃？」

「也不要。」

我在窗口前望啊望，怎麼這箭都不響，不就代表一點消息也沒有？這樣讓人更加的心急如焚，腳下的地板都要被我踏凹了。

「但妳這樣什麼都不吃，只會讓他們更擔心。」

楚瑜走過來站在我身邊。我抬頭看他，多麼熟悉又陌生的一張臉，跟楚明是多麼神似。一直以為自己是透過楚明看著楚瑜，但現在卻覺得自己透過楚瑜看著楚明。

好矛盾的心情。我暗暗撫上心口，緩和不太正常的呼吸頻率。

又要發作了嗎？都怪當年自己太輕狂。莫名說這病根會伴隨我一輩子，稍一不慎就會取我性命，所以我這一生只能與藥為伴。

我看著楚瑜，忽然輕嘆一聲，伸出手要撫上他的頰，又停在半空中。

「楚瑜，你知道嗎？就算是夏天，在峽谷底的水還是冷得像冰一樣。」

楚瑜臉上有半刻的僵硬。

我望了一屋子圈。楚軍好像出去了，大概是吩咐小二送膳食來。

「我希望這件事情跟你沒有關係。」

他沉默半晌，才朝我勾脣一笑。

「妳胡思亂想什麼，我怎麼可能跟這件事情有關係。我怎樣也不會找人綁架自己的兒子。」

「你還記得我跟你說的話嗎？」

他眼中閃過一絲異樣，那抹異樣神情卻讓我苦笑起來。

「無論如何，請你不要做傷害那些孩子們的事情，以及傷害大榮國的事情——你還記得嗎？」如果你忘了，那我要一次又一次的提醒你。

「記得。」

楚瑜的承諾，從來都沒有失約過。

「那我就會永遠支持你。不管誰說你的不是，我會守護你到底。」

第十六章

那天夜裡，我做起夢來。

聽說人將死時，一生的回憶會像跑馬燈一樣在腦海裡跑過一次。我不知道自己是不是死期將近，最近常常夢見以前的事情。

「瀅瀅，過來。」

我身著細花繩束腰綢布長裙，梳了個單髻，剩餘的頭髮編成一條鬆散的辮子繞過肩側，上頭還簪著一朵月季花。

這是我未嫁楚瑜之前，經常做的打扮。

「楚瑜！」我拔足狂奔，飛撲入他的懷裡，滿足的嘆口氣。

每到夏天，花錦城附近的一座山丘就會開滿花葵黃。嫩黃飽滿的花瓣隨風搖曳落地，宛如滿地的鵝絨毯。

無數詩人為此山丘歌頌命名，但是名字太多了沒有人搞得清楚。

因此，大榮國國君在山丘旁立起了一塊無字碑，使得這座山丘永遠沒有名字。因此，大榮國中除了花錦城內的垂緹花樹風光無限，夏季有些文人雅士轉而改到此處，只是為了比拚誰命的地名最好。

這些文人雅士也為大榮國帶來大量的觀光收入。誰說搞文藝的就不能賺錢?端看這腦筋動得快不快。據說這無字碑的提議就是楚瑜提出，光看這點就知道我經商本事還真不如他。

「瀅瀅。」

「嗯?」

「在想什麼？」

「今年開了好多花葵黃。這些嫩葉拔起來水煮後沾奶白甜醬最好吃了。」

楚瑜笑得胸膛都在震動。

「全天下也只有妳，看到如此美景還能滿腦子想著吃的，看來成親之後我要記得隨時餵飽妳，省得妳把主意打到這些花葵黃上。要是花葵黃一夜被人拔得光禿禿，我還得找自己的妻子興師問罪。」

我不管他調笑，把頭埋在他的懷裡。

「楚瑜。」

「嗯？」

「我好想你。」

他沉默的摟緊，大掌拍在我的背上。

「我也是，瀅瀅。」

「我都有聽你的話。」

「我知道。」

「我有好好教導兒子們，我有扛著楚家，我照你的話守護這個家。」因為把臉埋在布料裡，聲音都模糊不清。

「這些，我都知道。」

「我是來見你的，你不要欺騙我的感情。」

楚瑜不語。

風吹過花葵黃的山丘，無數的嫩黃花瓣飛揚起來，灼灼滿天，是一場最美的七月雪。

「瀅瀅，妳看。」

我很快的看了一眼，又把頭埋回楚瑜的臂彎。

「很漂亮。」

「妳根本沒有仔細看。」

「我看你就夠了。」

「傻瓜，其實我一直都在妳身邊。」

「才不是。」別以為我笨，我心裡可明白。驀的下巴被人抓住，迫不得已抬頭起來，望入楚瑜的眼中。

「妳不懂我的話。瀅瀅，我從一開始就在，從來都沒有離開。只是妳一直望著過去，所以看不見我。」

這是某種謎語嗎？

「人家聽不懂啦！你知道我很笨，太難的事情我不懂。」我拒絕思考，又要把頭埋回去，卻被他用手推了出來。

「瀅瀅，妳不要哭。」

我有哭嗎？我才沒哭。可是抬手往臉上一摸，卻有著濕潤，我不禁歪頭懷疑這是誰把水潑到我臉上來。

「妳知道我的。不管什麼事情，我從來都是心甘情願。天下人都說我是聰明人，不可一世的聰明，但我不過是時時刻刻都清楚自己在做什麼。」

這句話，楚瑜告訴我好多次。人的聰明，不在智慧，不在知識的多寡，而是在於他清不清楚自己每一刻在做的事情，然後在做出每一個決定的時候從來不後悔。

「妳不要替我哭，我希望妳笑著活下去。」

「我聽不懂，我聽不懂啦！」我摀住耳朵，覺得今天的楚瑜很討厭，淨說些不吉利的話。

然後山丘上的花卻越來越多，把楚瑜的身影團團包覆，他最後說的話我完全聽不清。

「瀅瀅，我若……妳便……」

只記得我流著淚從夢中驚醒。

窗外好安靜，一輪明月彎彎照下。果然是時已入冬，不然怎麼讓人覺得這麼冷。

＊　＊　＊

所有人沉著一張臉圍在桌邊，茶冷了卻沒人想去動一口。

這裡是市集之地，來去的人眾多，真正的居民卻很少，只要一天半的時間就能詢問完所有的居民，但卻沒有辦法一一盤查來往的商旅，小風好像消失在風中一樣，杳無音訊。我坐在楚瑜身邊，看著茶杯內不住滾動的那顆青橄欖，就是沒有想撈出來吃的意思。

等了許久卻沒有任何聯絡消息，顯然這並不是一樁單純的綁架案。

「既然我們已經把這附近的居民全部問遍了還毫無消息，加上這裡又是商旅往來途經之地，那麼很有可能楚風已經被人帶離此地。」楚瑜擎起茶杯，送到唇邊卻沒喝下去。

每個人心中或多或少都有這個想法，但這是最不希望發生的事情。

這裡是商旅往來之地，當然是龍蛇混雜，人口販子也在此出入，在這裡有人失蹤是家常便飯，依照楚風的美貌，是很有可能是被相中了。

「如果楚風被人口販子綁走了還好些。」我手指伸入茶中撈出那顆橄欖。

「人口販子通常都會按照『貨色』的好壞分等級。像小風這種外貌和談吐的人，一定會被賣到最上流的層級。在這鄰近諸國，無人不知無人不曉楚風的身分，屆時還有誰敢對他造次？」

這孩子就是特別會危言聳聽，一句亡國的預言就足以讓人心驚肉跳。

楚明看著我，神情隱隱有些凝重。

這件事情，是楚家公開而不能言說的秘密。

「大家何必這麼嚴肅，我是不介意拿出來談論的。」老太太我聳聳肩。杯中的茶被橄欖染色，變成有些混濁的青綠。

「對於人口販子，這個家中應該沒有人比我更清楚了。」

是的，當年楚瑜喪生，我想我當時是發瘋了，不管眾人的阻止，我逕直動身前往楚瑜喪生的懸崖，倉皇焦急之下，沒謹記楚瑜的殷殷囑咐，面紗片刻不離身，走不到半路就被人劫走了。

那些人口販子驚嘆不已，說我是奇貨可居。

他們覺得這樣的貨色不能毀掉，可又怕我跑了，於是拿毒餵食我，日復一日；再加上天天讓我浸泡在冷湯裡面三個時辰，用不著七日，我就手腳無力，寒毒入心，只能依靠著他們餵食的藥物氣息奄奄的活著。

聽說有些權貴人士特別喜歡這樣子的貨物。

我倒在地上聽著他們的談論，楚瑜也算是權貴人士，不知道他會不會喜歡這個樣子的我？如果就這樣死了，到九泉底下去見他，也不是壞事情。

這件事情震動了大榮國高層。那些人口販子可能沒想到，鳳仙太后對我呵護備至，又因為楚家的敏感地位，因此秘密出動大批的軍隊四下搜尋。

可最後我卻是被楚海找到。

海幫隱於暗處，黑市流通的消息自然能傳到他的耳朵裡。

被救出一個月以後，我終於睜開眼睛；楚瑜的衣冠塚已經立在家中；楚翊扯著鬼醫莫名，死活不讓他離開。

楚海在我面前下跪對我發誓，說只要有他的一日，海幫絕對不允許這些人口販子猖獗國內。

「娘！」

楚翊喊起來，卻被我伸手制止。

「娘知道你們很努力，但此地偏遠，王軍和海幫的力量有所不達，即使人口販子出沒在這裡也不是你們的過錯。」

「如果人口販子能看上我一次，說不定還能看上我第二次。假使楚風是被人口販子劫走，那麼就讓我作為誘餌把他們引出來吧，說不定能就此找到楚風的下落。」我平心靜氣的說著，把那枚橄欖拈進嘴裡去。

桌上又是一片沉默，只有呼吸聲此起彼落。

「爹，你如何看待這件事情？」楚明忽然話鋒一轉，看向楚瑜。

楚瑜慢條斯理的回望他一眼，把手上的茶杯放回桌上。我很快的瞥了楚瑜一眼，正好看見他把茶杯放回桌上的手勢。

「我覺得這件事情，未必是人口販子所做。聽那僕人所說，對方很明顯是衝著楚風來的，不像是無的放矢，而且能夠事先得知楚風要去的地點先行埋伏，這一點也有古怪。」

「爹說的沒錯。」楚軍頷首。

「這件事情娘根本沒有必要擔心。這幾年來大哥和三弟在國內大肆掃蕩，人口販子雖說不至於完全消滅，但絕對不敢如此正大光明，既不選五弟一個人落單時，甚至也沒有傷人之意。且如果他們真有心要隱藏身分，就應該把所有目擊者都滅口才是。」

「就我看來，這是誘敵之計。這人深知我們的身分和動向，目的是要我們追著五弟的線索到某個地方。」楚軍說著，眼神銳利。

「楚軍說的沒錯。」楚瑜點點頭，罕見的出聲贊同。

「那爹現在有什麼想法？既然爹曾經在北蒼國生活過一段時間，過去又曾經來過此處，對這附近應該比我們更為熟悉。」楚明問著。

我看看他們倆，好像鏡子在跟自己對話一樣。

楚瑜點點頭，沉吟半晌後，說：「從對方逃逸的方向看來，那片樹林的北方正好是北蒼國的方向，那附近肯定有捷徑可通往北蒼國，比起我們還要走上四天才能到達的關卡，他們現在很有可能已經帶著楚風潛逃進入。」

「爹的意思是？」

「我們必須要追上去才行。」

「如果按照原本計畫走關口入關，就會趕不上那些人。」一直沉默的楚殷也加入話題，表情凝肅。

進入關外之後，小殷似乎想要改變形象，最近開始走頹廢海盜風。老太太我比較喜歡整潔乾淨的孩子，但不知道為什麼路上尖叫的少女反而變多了。

「看來我們必須追著他們的路徑而去。論追蹤的話，二哥是高手，我們沒有理由找不到。

娘，別老含著那顆橄欖，不想吃就別吃，我知道妳沒吞。」

楚翊雖然一邊討論還能一心二用，老太太我只好又把含了半天的橄欖又吐回杯子裡。

「但如果不照關卡文件正式入關，我們就是非法入侵北蒼國，北蒼國國君若是追究起來，可能會引發兩國的問題。」楚明果然是丞相，思慮周全，對於法律條文特別敏感。

「我們救到楚風之後再循原路退出，補辦關卡文件。假使我們動作夠快，攔截到他們，那我們在北蒼國真正停留的時間應該不會超過兩天，北蒼國沒有道理那麼快發現。」

「我贊成楚瑜的意見。」只要能救到楚風的話，什麼都好。

「現在對我們而言，每一分每一秒都很珍貴，楚風可能正離我們越來越遠，既然確定對方會逃逸的方向，就算有可能是陷阱我們也必須追上去。」我站起身，渾身熱血沸騰。

「為娘絕對不允許有人搶走夏天專用涼扇！」

「……娘，五弟對妳的意義只有涼扇嗎？」

「當然不止啦！還有冰涼酸梅湯的好幫手，太熱的時候降低室溫的好兒子。跟這兒子在一起，喝熱水都能變溫水，溫水都能變冷水，冷水還能變冰水。」

楚翊噴笑一聲，又旋即忍住，顯然覺得這行為不太適合。

「那麼就照爹的提議，我們往五弟最後消失的樹林追過去。此事拖延不得，我們今天晚上就動身。夜晚人少，潛入北蒼國也容易。」

楚明以戶主之姿發出命令，拍板結案。

＊　＊　＊

我們趁著夜色，一行人結了客棧的帳，往楚風最後消失的樹林追趕過去。

楚軍真不愧是追蹤的高手，輕易的找到對方的行跡，而我正伏在楚翊背上打盹。其實我本來是堅持要自己走路的，但待我走進這黑漆漆的樹林跌跤五次以後，楚明表示為了我的安全著想，不宜自行走動。

既然兒子們這麼有孝心，我也就從善如流；但當我趴在楚翊背上時，楚明走到了楚軍身旁嘀嘀咕咕的，說什麼誰耽誤行程。不知道他是在說誰？

伏在楚翊肩上，我模模糊糊想起一件往事來。

「小翊，你記不記得以前娘拉著你的手教你學寫字？」

「娘，那時候妳只是來盯著我練字。」

「都差不多啦！」這孩子怎麼計較得緊，小心眼的男人成不了大事，小時候我不都告訴過他了嗎？

「娘明明還是有教你寫字。」

「娘當時教我把太寫成犬，爹看到我寫犬子陛下聖安，罰我重寫一百遍。」

咳……有這回事嗎？

「那是一個意外，娘只是要訓練你的找錯能力，你沒能找出錯誤來自是要受罰，這也可以讓你提早體會大人社會的苛刻。不過……娘要說的不是這件事情，娘要說的是，你還記不記得，娘第一次見到你也是在這種黑漆漆的樹林裡？」

楚翊從小就個子特別嬌小，又是么子，在六個兄弟之中特別受寵。正因為受寵，他的個性是吃軟不吃硬，對他硬起聲來說句話，他眼中馬上含著兩泡淚對你眨巴眨巴，讓人恨不得拔了自己的舌頭。

老太太我第一次見到他，他就是正站在樹林中，眼眸晶晶亮亮，好像剛出生的小鹿。

「姐姐。」

那時我才剛和楚瑜訂婚，六個兒子有五個都在跟我鬥法，見我沒一句人話，不是狐狸精就是後娘，我氣得牙癢癢，這聲姐姐喊得我心都融化了。

「人家迷路了。」

楚家的後花園是挺大的，三不五時就有新來的下人迷了路，而我始終也維持走著同一條路，就是怕哪天失蹤在裡頭走不出來。

「什麼，你迷路了？不怕，姐姐來帶你。」我伸手過去，他也伸手過來給我牽。小手嫩嫩的，這牽得我是心花怒放。有個這麼可愛的兒子，足以抵掉那五個不聽話的。

我正回過身要從原路回去時，卻發現這下子也搞不清自己是從哪條路出來的了。平時我都習慣走同一條道路，方才看到這孩子我就徑直走了過來，現在才發現，這孩子所在的地方是樹林中的一個小廣場，四面八方都有通道。

「糟了，我是從哪裡出來的？沒事，姐姐想一想。」

「好。」他乖乖點頭，眼眸閃閃發亮。

最後我終於找著一條比較像我來時的道路，正打算牽著他從這條路回去。

「姐姐～～」

這聲姐姐尾音拖長，特別好聽，還帶點撒嬌，惹得我轉過頭去，直衝著他笑。

「嗯？」

「我剛剛看妳好像是從那邊走過來的。」他手一指，比向另外一邊那條道路。

「是嗎？我怎麼不記得自己從那邊過來的？」我歪著頭思考著，方向感一直很差，沒想到竟然差到這種地步。

「沒錯，就是那邊。」他笑咪咪的，拉著我走過去。「姐姐，我們快走。」

這麼可愛的孩子，誰能拒絕？我也就半推半就的讓他拉著走。

走著走著，那條道路越來越黑，伸手不見五指。我記得我剛走來的那條路有月光照著，這條路卻寒冷陰森，讓人不由自主的發抖。

「我覺得好像不是這條……唉唷！」說著，腳下就被莫名一絆，跌倒在地。

「姐姐，妳沒事吧？」那孩子的聲音從旁邊傳來，有些壓低的模糊。

「沒事、沒事，你沒跌倒吧？」

「沒有，姐姐。」

我連忙胡亂拍拍自己裙上的塵土，卻什麼也看不見，然後伸手要去牽那孩子，卻牽了個空。

「弟弟，你在哪裡？」

漆黑一片什麼都不見，靜謐中竟然只有我的呼吸聲。我渾身一顫。

「妳怕嗎？姐姐？」他嘻笑一聲，好遠又好近。

「別跟姐姐玩了。這裡很暗，來牽著姐姐的手。」

「我不怕暗哦！姐姐不知道嗎？這個林子裡面，曾經死了一個僕人的孩子。因為迷路在裡面，結果飢寒交迫的死去，他的靈魂就永遠被困在了這裡。」

聽著他的話，我背後雞皮疙瘩一顆顆冒起。

「姐姐，我好希望當時能夠見到妳，妳就可以帶我走出去……」他靠在我耳邊說話，吹拂的氣息都是涼的。

老太太我本來就害怕這些東西，這一嚇更是魂飛魄散，大概膽子在一瞬間萎縮成蝦米大小。

「所以你……你……」

「我就是那個男孩啊！姐姐。」

我往後退退，全身發涼。

「姐姐剛剛踩著的不是樹枝，是我的骨……」

「別說了！」我尖叫一聲，拚命摀上耳朵，全身冷汗涔涔，只能在原地發抖。

「誰叫姐姐要這麼壞，想要入主這間宅邸。」他拍拍我的臉。

模糊之中我似乎看見他在我面前蹲下身。天空此時正好打過一道旱雷，把樹林照得一片明亮，我視線正好看著地上，只見一條赤尾青蛇無聲滑過草叢，大張著嘴靠到這孩子的腳邊。

「小心！」我連忙一喊，可是已經來不及，黑暗中傳來那孩子的痛呼。

鬼也會痛嗎？幾乎是不加思索，我立刻伸手往前一捉。

「好痛……妳不要碰我。笨蛋……討厭，怎麼不咬死妳算了……」

「你在說什麼傻話，哪裡痛？」

那孩子可能痛得厲害，毒性正在發作。

「我的腳……」

我立刻低頭，順著方才記憶的地方摸過去，果然摸到兩個小傷口，鮮血汩汩而出。想也不想，我立刻俯身下去，努力吸吮了傷口好幾下，也不知道自己做的對不對。但沒想到這孩子雖然死了，血還是溫暖的，毒血在舌根處腥中帶苦。

看來那些文人的小說都是杜撰的，說什麼鬼是看不見摸不著輕飄飄冷冰冰的，以後非要叫他們不許妖言惑眾不可。

「妳……」那孩子似乎意識回復清醒，黑暗中傳來一聲遲疑。

我勉強朝他一笑，即使在黑暗中什麼也看不見。

「就算變成鬼，小孩子一定是怕疼的。我自己將來也會有六個兒子，我想最小的那個應該跟你現在一般大，看著你，我就想到他，如果他能跟你一樣貼心的話，我一定會開心死的。」

他沉默好一會兒，低啐一聲：「妳是笨蛋嗎？我才不救妳。」

「也是，我踩到你的骨……咳，是我不對。」

他又沉默好久。

毒性發作的我意識昏昏沉沉，只記得自己往前栽去，一雙細瘦的胳膊死命撐住我，那雙手是溫暖而有脈搏跳動的著。

原來人死了，也像活著一樣……又學到一課。

三天以後我醒了過來，楚瑜正憂心忡忡的守在床前，臉上的鬍渣長出不少。我一見他，就立刻皺眉。

「瀅瀅！」

「楚瑜，你怎麼變得這麼醜？」

他看看我，擔心溢於言表，又被我的話惹得想發笑。

「妳昏迷三天了。」

「我昏了三天？我怎都不記得？啊！全身好僵硬。」好奇怪，我總覺得自己只睡了一覺，三天應該是睡了三場覺才對。

「妳昏了三天，自然是僵硬了。」楚瑜笑著把我扶起來。

此時郝伯恭敬的走上前來。

「爺，小公子在外頭跪了這些天，要不要通知他一聲？」

「讓他回去休息吧！」

「誰？是楚翊嗎？我從來沒見過這孩子，他沒事跪在外頭幹嘛？」而且最近天氣炎熱，太陽那麼大，在外頭跪上半個時辰恐怕就會發暈，這孩子是不是腦袋不太好，這天氣跪在外面？

「爺為了您受傷的事情對小公子發了好大的脾氣，從來沒見爺這麼生氣。」

郝伯吩咐下去，又慢吞吞的折回來。

「罰小公子在祖宗牌位前面跪上三個月，面壁思過。但小公子卻跪到這院落前來。小的也勸過他好多回，但說要等您醒來。」

「這兒子真有孝心，我連見都沒有見過一面。」我一邊喝藥，一邊嘖嘖有聲的讚美。

「啊！對了，楚瑜，那後花園裡頭有個孩子，他好像是迷路而死在裡頭，我有看見他，你記得找人去收他的屍骨，為他超渡一番。」

楚瑜接過我喝空的碗，順手把我的髮收到一邊。

「這間宅子才蓋不過八年，別說人，連鳥都沒有死過一隻，妳被騙了。」

「可是我真的看見了！他這麼高，穿著藍布袍子，長得很可愛。」我比劃給楚瑜看，他嘴角卻始終含笑。

「真可惜他那麼早就去世，我就在想，如果這是我兒子多好。」

「妳希望那是妳兒子？」

「嗯！因為那孩子又乖又可愛。」

楚瑜笑了起來，真說不出的好看。

「妳會有的。」

三個月後，在祖宗牌位前罰跪的楚翊終於被放出來。

「小姐，小公子特地來跟您問安。」

我倒是奇了，這些兒子不是都齊心要反我嗎？怎麼就這孩子特別乖巧？

「讓他進來吧！」

郝伯領著人進來。我不看還好，一看倒退三步。

「你你你……」

「娘。」

他笑咪咪一喊，一身蔥綠的袍子，金線滾邊，頭上還戴著一頂虎頭帽，說要多可愛就有多可愛，可是那雙水汪汪好像隨時含著兩泡淚的眼睛，卻讓老太太我想起那樹林中的孩子。

「小公子自小在後花園玩耍，無處不精。夫人當時恐怕是看見了小公子，有所誤會。」郝伯在一旁解釋著。

我背後靠著梁柱，幾乎要與它融為一體，要是我有輕功，一定會跳到梁上去，可惜我沒有。

「不要過來……我也沒有欺負你……」

他一蹦一跳來到我面前，拉起我的手：「姐姐，妳摸摸，我的心在跳。那天晚上我只是跟妳開一個小玩笑，沒想到把妳嚇成那樣。」

我不信，這一定是鬼變的。我更往梁柱上靠。

裡，同時伸手摸上一直覬覦的可愛毛茸茸虎帽。

「妳不是說，希望我當妳的兒子嗎？我依照約定前來，姐姐為什麼對我這麼冷淡呢？」

他委屈的低下頭，我只看見虎頭帽上的虎眼朝我眨巴眨巴，說不出的可愛。

啊！這孩子，怎麼可愛成這樣。不管是人鬼妖仙都好，我登時往前一撲，緊緊把楚翊抱在懷裡，同時伸手摸上一直覬覦的可愛毛茸茸虎帽。

「姐姐當然不會嫌棄你，你這麼可愛！」

他抬起頭，臉上一點水光都沒有，笑得很燦爛，往我臉上啾的一親。

「姐姐是我的姐姐哦！」

「好。」

「那妳以後不可以跟別人好。」

這句話有點怪，但因為是兒子說的，我能接受。

「好。」

「連爹也不可以。」

這……這是不是有點得寸進尺？但他是兒子，不計較。

道理。

「好……」

「要永遠最愛我一個。」

這不好吧！我還有五個兒子跟一個老公，最愛你的話，楚瑜怎麼辦？我猶豫是不是該跟他講道理。

那孩子見我猶豫不決，立刻嘴巴一噘：「姐姐不答應，那我要回樹林去，天天出來嚇人。」

「不好不好，我心臟很小……」

「那妳是答應了？」

我正要點頭，楚翊卻被人提著領子拉出我的懷中，雙手雙腳離地好像離水的魚那樣掙扎。

「楚瑜？」

楚瑜看我一眼，揚起一抹笑容，笑容中卻沒一點溫度。

「再去祖宗祠堂跪三個月。」

我正趴在楚翊肩上訴說這段往事，楚翊沉沉一笑。

「姐姐真的很笨。」

「你說什麼？」這孩子改口叫我娘已經很多年，我應該是聽錯了吧？

「沒有，我沒說什麼。」

遠方的天空已經有一點微紅，太陽升起

「小翊，娘會不會很重？」早知道最近就少吃一碗飯。

楚翊雙手一用力，把背上的老太太我輕鬆往上一拋又落下。

「翊兒比起那個時候，已經很有力了。」他輕輕說著，語氣沒了平時的撒嬌，竟然有幾分男子般的沉穩。「可以很輕易的擔負起娘。」

「好好，那娘以後就讓小翊養一輩子。」

「娘說真的？」

「當然真的。」不給自己兒子養，難道給別人的兒子養？

小翊轉過頭來，朝我意味深長的一笑。

「娘要記得自己的承諾才好。」

天邊的微紅又更加擴大。

跨過山坳，我們看見另一個完全不同的世界。太陽在冰雪凍住的大地上閃閃發光；整個遼闊的大地好像一塊不透明的大水晶，閃閃發亮。我們所吐出的氣體都形成白煙。

楚明站在前方，說道：「北蒼國到了。」

這就是傳說中，萬年冰雪不融的強權之國。

《小媽之全家大風吹》完

敬請期待更精彩的小媽系列之三

飛小說系列069

小媽系列02

小媽之全家大風吹

出版者■典藏閣

作　者■夢空　繪　者■IKU

總編輯■歐綾纖

製作團隊■不思議工作室

郵撥帳號■50017206 采舍國際有限公司（郵撥購買，請另付一成郵資）

台灣出版中心■新北市中和區中山路2段366巷10號10樓

電　話■(02)2248-7896　傳　真■(02)2248-7758

物流中心■新北市中和區中山路2段366巷10號3樓

電　話■(02)8245-8786　傳　真■(02)8245-8718

ISBN■978-986-271-392-1

出版日期■2016年1月四刷

全球華文國際市場總代理／采舍國際

地　址■新北市中和區中山路2段366巷10號3樓

電　話■(02)8245-8786　傳　真■(02)8245-8718

新絲路網路書店

地　址■新北市中和區中山路2段366巷10號10樓

網　址■www.silkbook.com

電　話■(02)8245-9896

傳　真■(02)8245-8819

購買本書？☜

___市／縣)：□7-11　□全家　□萊爾富　□其他______________

□博客來　□金石堂　□其他____________

)：□金石堂　□誠品　□安利美特animate　□其他______

____

電子郵箱：______________________________

生日：西元__________年__________月__________日

寄送）

服務業　□軍警公教　□資訊業　□娛樂相關產業

____

專科、大學　□研究所以上

廣告（網站：______________）　□親友介紹

員推薦　□其他____________________

□書腰文字　□封底文字　□欣賞作家

□題材有趣　□廣告印象深刻

版面編排　□價格　□贈品

編排　□價格　□贈品

____

____

____

謝您寶貴的意見

印刷品

235 新北市中和區中山路二段366

華文網出版集

（典藏閣－

印刷品

$3.5
請貼
3.5元
郵票

235 新北市中和區中山路二段366巷10號10樓

華文網出版集團 收

（典藏閣－不思議工作室）

☛您在什麼地方購買本書？☚

1. 便利商店（________市／縣）：☐7-11　☐全家　☐萊爾富　☐其他__________

2. 網路書店：☐新絲路　☐博客來　☐金石堂　☐其他__________

3. 書店（________市／縣）：☐金石堂　☐誠品　☐安利美特animate　☐其他________

姓名：__________地址：____________________

聯絡電話：__________　電子郵箱：____________________

您的性別：☐男　☐女　　您的生日：西元________年________月________日

（請務必填妥基本資料，以利贈品寄送）

您的職業：☐上班族　☐學生　☐服務業　☐軍警公教　☐資訊業　☐娛樂相關產業
☐自由業　☐其他________

您的學歷：☐高中（含高中以下）　☐專科、大學　☐研究所以上

☛購買前☚

您從何處得知本書：☐逛書店　☐網路廣告（網站：__________）　☐親友介紹
（可複選）　☐出版書訊　☐銷售人員推薦　☐其他__________

本書吸引您的原因：☐書名很好　☐封面精美　☐書腰文字　☐封底文字　☐欣賞作家
（可複選）　☐喜歡畫家　☐價格合理　☐題材有趣　☐廣告印象深刻
☐其他__________

☛購買後☚

您滿意的部份：☐書名　☐封面　☐故事內容　☐版面編排　☐價格　☐贈品
（可複選）　☐其他

不滿意的部份：☐書名　☐封面　☐故事內容　☐版面編排　☐價格　☐贈品
（可複選）　☐其他

您對本書以及典藏閣的建議____________________

____

____

✌未來您是否願意收到相關書訊？☐是　☐否

✎感謝您寶貴的意見✎